Dieses Buch gehört

ALARM AUF DEM GOCKELHOF

KATHARINA PLATZ

ALARM AUF DEM GOCKELHOF

MIT ILLUSTRATIONEN
VON CLAUDIA GABRIELE MEINICKE

EIN KINDERKRIMI AUS
SCHWÄBISCH HALL

monika fuchs

www.verlag-monikafuchs.de

Bibliografische Informationen der Deutschen Nationalbibliothek:
Die Deutsche Nationalbibliothek verzeichnet diese Publikation
in der Deutschen Nationalbibliografie;
detaillierte bibliografische Daten sind im Internet über
http://dnb.d-nb.de abrufbar.

ISBN 978-3-947066-18-6
auch als eBook erhältlich

Layout und Satz: Die Bücherfüxin | www.buecherfuexin.de
Bildnachweis: Lupe (Cover und Pagina) © Lisa Glanz
Covermotiv und Illustrationen: Claudia Gabriele Meinicke | www.limonarte.de
Text: Katharina Platz | www.textgenau.com

Klimaneutral
Druckprodukt
ClimatePartner.com/14701-2102-1003

Printed in Poland 2021 | mcpdruk.pl

Inhalt

1

Alles auf Neustart

»Ich hasse es hier!« Wütend knalle ich beim Rausgehen die Haustür hinter mir zu. Gestern sind wir in das neue Haus am Rand von Gottwollshausen gezogen. Aber das Internet funktioniert immer noch nicht, der Karton, in dem auch meine Winterschuhe stecken, ist verschwunden und meine Mutter nervt mich mit Hausarbeit.

Dicke grauweiße Wolken hängen in den Baumkronen und die ersten Schneeflocken wirbeln im Wind. Es riecht nach Rauch. Ich schnappe mir mein Fahrrad, springe auf und jage an den gepflegten Vorgärten vorbei. Nach einer Weile biege ich auf einen schmalen Weg ein, der von Hecken, Sträuchern und Feuerholz gesäumt wird. Überall liegen riesige Holzhaufen. Kein Wunder, so kalt, wie es hier ist. Von Zuhause kenne ich das nicht. Dort lag höchstens Sperrmüll am Straßenrand. Mit Holz zu heizen, ist so mittelalterlich.

Meine Ohren sind schon halb erfroren, aber egal, dieser Weg führt zurück ins echte Leben, wo es ein Kino, Cafés und Klamottenläden gibt. Der Schneefall wird dichter, aber das Treten geht wie von selbst und ich werde immer schneller, als die Straße vor dem Waldstück plötzlich steil abfällt. Das ist zu schnell! Ich bremse panisch, der Hinterreifen rutscht weg, ich schramme haarscharf an einem weiß-roten Absperrpfosten vorbei und knalle voll hin. So ein Dreck! Meine Lieblingsjeans ist am Knie aufgerissen und meine neue weiße Jacke ist voller hässlicher brauner Flecken. Immerhin scheint mir nichts passiert zu sein. Ich rapple mich wieder auf und schiebe mein Rad jetzt lieber.

Mittlerweile ist die Straße ganz weiß und meine kalten Füße werden in den Sneakern aus der Frühjahrskollektion allmählich nass. Ich fühle, wie Tränen in mir aufsteigen. Ich will weg hier, zurück zu meiner besten Freundin Melek und in meine alte Schule. Eine Frau mit einem kleinen Hund, die mir auf dem Weg begegnet, schaut mich fragend an. Ich kämpfe immer noch gegen die Tränen.

»Grüß Gott!«, ruft sie freundlich.

»Hi!«, presse ich hervor und nehme zielstrebig die nächste Abzweigung, damit sie nicht auf die Idee kommt, mir Fragen zu stellen. Was soll das überhaupt heißen: »Grüß Gott«? Als ob ich den persönlich kennen würde.

Immer wieder begegnen mir Menschen, denen ich weiter ausweiche, obwohl ich schon längst die Orientierung verloren habe. Plötzlich liegen die Häuser hinter mir und ich stehe vor einer Koppel. Die Pferde sind in dicke Decken gehüllt, sodass man kaum etwas von ihrem glänzenden braunen Fell sieht. Mit einem schnalzenden Geräusch versuche ich, sie anzulocken. Ich mochte Pferde schon immer gerne, sie haben so eine samtweiche Schnauze und sie können Menschen trösten. Das könnte ich jetzt gut gebrauchen. Ich würde so gern mal ausreiten. Nicht nur in der Halle wie bisher im Reitunterricht. Ich versuche noch mal, die Pferde mit einem Schnalzen dazu zu überreden, zu mir zu kommen. Doch sie denken nicht daran, ihren Unterstand zu verlassen, und beschränken sich auf ein freundliches Schnauben. Also hole ich mein Handy raus, um zu checken, wie ich nach Hause komme. Na toll, die Haldenstraße hat mehrere Abzweigungen und nimmt ein Drittel des Stadtteils ein. Welche Hausnummer haben wir nochmal?

»Miiiiiau«, tönt es da plötzlich ganz jämmerlich von der Koppel.

»Hallo? Ist da jemand?«, rufe ich zögernd.

»Miiiiiau!«

Das klingt, als ob eine Katze in Not ist. Unsicher schaue ich mich um, aber es ist niemand sonst zu sehen. Ich werfe mein Rad in den Schnee und krieche unter dem Zaun durch. Da fährt mir ein leichter Schock durch den Rücken.

»Autsch! Dämlicher Elektrozaun!«, fluche ich. Mit meinen Händen stütze ich mich auf die nass-kalte Wiese und krabbele unter dem Zaun hindurch. Meine Klamotten sind eh schon ruiniert, jetzt ist es auch egal.

Ich folge dem Maunzen, das immer lauter wird. Schließlich stehe ich vor einem Stapel aus massiven, schweren Rohren.

»Wie kommst du denn da rein?«, frage ich mit sanfter Stimme.

Zwischen den Rohren sitzt eine Katze mit rotem Fell, kann nicht vor und nicht zurück und jammert herzzerreißend. Ich versuche, eines der Rohre anzuheben, aber es ist viel zu schwer und die eisige Kälte des Metalls frisst sich durch meine Handschuhe.

»Was machst du da?«, fragt auf einmal jemand hinter mir und ich fahre erschrocken herum.

»Da ist eine Katze eingeklemmt! Ich hab sie jammern gehört«, antworte ich. Ich fühle mich ertappt. Aber ist man nicht verpflichtet zu helfen, wenn jemand in Not ist?

Das fremde Mädchen schiebt sich einfach an mir vorbei. Sie trägt schmutzige Jeans, grüne Gummistiefel und einen olivfarbenen Parka. Voll das Landei.

»Möhre, wie kommst du denn da rein?«

»Das hab ich sie auch schon gefragt.« Ich grinse.

Das Mädchen dreht sich um und blickt mich aus ihren braunen Augen freundlich an.

»Hi erst mal, ich bin Laura Degenhardt. Und du?«

»Friederike Kätterle. Aber meine Freunde nennen mich Foxy.«

»Bist du neu hier?«

»Ja, wir sind erst letzte Woche in die Haldenstraße gezogen.«

»Cool. Herzlich willkommen! Hilfst du mir, Möhrchen zu befreien?«

»Ja klar, aber die Rohre sind sauschwer!«

Gemeinsam versuchen wir, eines der Rohre anzuheben. Doch dadurch gerät der ganze Stapel gefährlich in Bewegung und wir setzen das Rohr vorsichtig wieder ab.

»Wie ist sie da bloß reingeraten?«

Ich betrachte den Stapel, der auf der einen Seite an einer Scheunenwand endet. Auf der anderen Seite des Stapels steht ein großes Fass. »Na klar! Ich hab's! Sie ist seitlich reingekrochen und dann hat jemand dieses Fass davorgestellt und ihr damit den Rückweg abgeschnitten!«

»Du hast recht. Komm, pack mit an. Zu zweit können wir das Fass beiseite schieben.«

Das Holzfass ist zum Glück nicht ganz voll und mit etwas Ruckeln und unter Ächzen verschieben wir es Zentimeter für Zentimeter. Eine kleine Lücke reicht Möhre, um in die Freiheit zu schießen.

»Danke, dass du mir geholfen hast«, sagt Laura.

»Voll gerne!«

Da stupst mich plötzlich etwas im Rücken.

»Melodie möchte sich wohl auch bei dir bedanken«, sagt Laura lachend. Die Fuchsstute hat sich unbemerkt an mich herangeschlichen und lässt sich von mir ruhig über ihre Blesse streicheln. Ihre Schnauze fühlt sich samtig weich an und ihr warmer Atem kitzelt in meinem Gesicht.

»Magst du Pferde?«, fragt Laura.

»Nein – ich liiiebe Pferde!«, sage ich begeistert und gestehe dann gleich: »Aber ich hatte bisher nur Reitstunden in der Halle.«

»Wenn Du magst, können wir ja mal zusammen ausreiten!«

»Im Ernst? Das wäre supercool!«

Ich bin sofort Feuer und Flamme. Was für ein Glück, dass ich Möhrchens Rufen gefolgt bin!

»Klar. Du nimmst einfach Figaro, das ist der dunkelbraune Wallach da drüben. Melodie ist seine Mutter. Schau, ihre Blesse hat fast die gleiche Form.«

»Geht klar!«, rufe ich erfreut und schlage ein. Wahnsinn! Ich liebe Pferde und jetzt darf ich schon bald auf einem ausreiten! Vielleicht ist es hier doch gar nicht so blöd, wie ich gedacht habe.

»Wenn es morgen aufhört zu schneien, kannst du mich beim Ausritt begleiten. Aber du solltest dir trotzdem etwas praktischere Sachen anziehen!«, sagt sie.

Dann verschwindet Laura zusammen mit den Pferden in Richtung Stall, der direkt neben der Koppel liegt. Mir fällt auf, dass ich ihre Handynummer gar nicht habe. Wie soll sie mir dann Bescheid geben? Aber ich trau mich auch nicht, ihr hinterherzulaufen. Sieht auch irgendwie doof aus. Vielleicht war ihr Angebot doch nicht ernst gemeint?

Die Kälte kriecht durch meine Jacke. Ich schwinge mich aufs Rad und trete kräftig in die Pedale. Der Fahrtwind treibt mir die Tränen in die Augen, aber das ist mir egal. Ich will nur noch schnell nach Hause. Meine Zehen sind schon ganz taub. Zum Glück fällt mir unsere Hausnummer wieder ein und ich finde schnell in die Haldenstraße zurück. Es ist sehr verwirrend, dass sich gegenüber der Hausnummer 25 das Haus mit der Nummer 36 befindet, aber dank der Straßenschilder finde ich mich dann doch zurecht.

Das Garagentor quietscht verräterisch, als ich es öffne, um mein Fahrrad hineinzuschieben. Es dämmert schon und die Steinfiguren in unserem Vorgarten starren mich mit vorwurfsvollen Augen an. Ich versuche, mich möglichst unauffällig ins Haus zu schleichen, aber natürlich wartet meine Mutter schon im Hausflur auf mich.

»Was denkst du dir eigentlich?«, nörgelt sie los. Danach kommt nur noch ein Gewirr aus »Blablabla«, »Sorgen gemacht« und »ganz alleine«. Ich höre ihr gar nicht zu. Ihre blonden Locken hat sie unter einem orangenen Turban versteckt und ihr blauer Maxirock raschelt leise, als sie energisch hin- und herläuft.

»Ich war nur Luft schnappen. Hier passiert doch nie was!«, brülle ich.

»Hier passiert vielleicht nie etwas, das heißt aber nicht, dass dir nichts passiert! Wie siehst du überhaupt aus!?«, schimpft sie.

Erst jetzt bemerke ich, dass meine weiße Jacke zusätzlich zu den braunen Flecken von dem Sturz auch noch mit grünen und schwarzen Streifen von Möhres Rettungsaktion verziert ist. So ein Mist!

»Weißt du eigentlich, was die Jacke gekostet hat, Fräulein?«

»Das kannst du doch bestimmt rauswaschen«, antworte ich zerknirscht.

Mama schnappt nach Luft, das ist kein gutes Zeichen.

»Du gehst jetzt besser ins Bad, stopfst deine Jacke selbst in die Maschine und denkst über dein Verhalten nach!«

»Schön, da hab ich wenigstens meine Ruhe!«, keife ich und renne polternd die Treppe hoch.

Jetzt erstmal eine heiße Dusche! Aber vorher noch die Jacke mit Fleckweg bearbeiten und ab damit in die Waschmaschine.

Bevor ich in die Dusche steige, lege ich das Bettelarmband, das ich letztes Jahr von Melek zu meinem 13. Geburtstag bekommen habe, auf eine kleine Porzellanschale im Bad. Wahnsinn! Schon fast wieder ein Jahr her! In wenigen Wochen, an Silvester, werde ich schon 14. Mittlerweile sind schon sieben kleine Anhänger dran und jeder davon erinnert mich an ein besonderes Erlebnis im letzten Jahr. Deswegen nehme ich das Armband nur zum Duschen oder Baden ab.

Als das heiße Wasser über meine eiskalten Füße läuft, tut das richtig weh. Ich stelle mich neben den Duschstrahl und halte meine Füße immer nur kurz darunter, bis der Schmerz langsam nachlässt. Aber wenigstens habe ich überhaupt wieder ein Gefühl in meinen Zehen. Mein Shampoo duftet nach Vanillekipferl und verleiht meinen roten Locken extra Sprungkraft. Steht jedenfalls so auf der Flasche. Frisch geduscht fühle ich mich gleich wie ein neuer Mensch.

Ich schaue mir meine Beine genauer an. Zum Glück keine Schrammen vom Sturz. Dafür auf dem Oberschenkel ein dicker blauer Fleck. Mist! Da hilft nur Franzbranntwein. Ich schaue in den Medizinschrank. Zum Glück ist die Flasche noch halb voll. Ich drehe den Deckel ab. Boah, stinkt das! Warum gibt es das Zeug nicht mit Plätzchenduft? Ich reibe die Stelle ein und sofort kribbelt es angenehm auf der Haut.

In meinem alten, superflauschigen Schlafanzug krieche ich unter meine hellgrüne Pferdebettdecke und mache es mir vor dem Abendessen noch ein bisschen gemütlich. Mein neues Zimmer ist groß und wirkt leer. Es hallt sogar, wenn ich mein Lieblingslied von Paula Gold abspiele. Mein altes Zimmer war viel kleiner, hatte aber einen begehbaren Kleiderschrank. Ich hatte es komplett mit Postern von Pferden und Models und Stars tapeziert. Hier bedecken die Poster nicht mal die Wand neben meinem Bett ... Verdammt! Ich will mein altes Leben zurück!

Da piepst auf einmal mein Handy. Eine Nachricht von Melek! Endlich jemand, der mich versteht.

Hey Sweety, hab heute den Pulli getragen, den du mir zum Burzeltag geschenkt hast! ♡ Da hätte dein purpurroter Nagellack perfekt dazu gepasst!

Hey Süße, ich würd ja mit dir teilen, aber sooo weit fliegt unsere Drohne leider nicht. 😢

Ich weiß, war echt praktisch, als wir noch nebeneinander gewohnt haben. Rate mal, wo ich gestern war!

Meine Tante war mit mir im Konzert von Paula Gold!!! Wallah, sie ist einfach mega! Ihre Outfits sind der Hammer und live klingt sie noch besser!

Boah, voll neidisch! Da wär ich auch gern dabei gewesen! Ich habe dafür heute ein Kätzchen vor dem Erfrierungstod auf einer Pferdekoppel gerettet. Die Besitzerin heißt Laura und hat mich zu einem Ausritt eingeladen. Mal schaun, ob was draus wird.

Mega! Freu mich für dich! Du magst Pferde doch total gerne! Aber du fehlst mir! Hab dich ganz doll lieb, Süße!

Du fehlst mir auch. HDGDL!

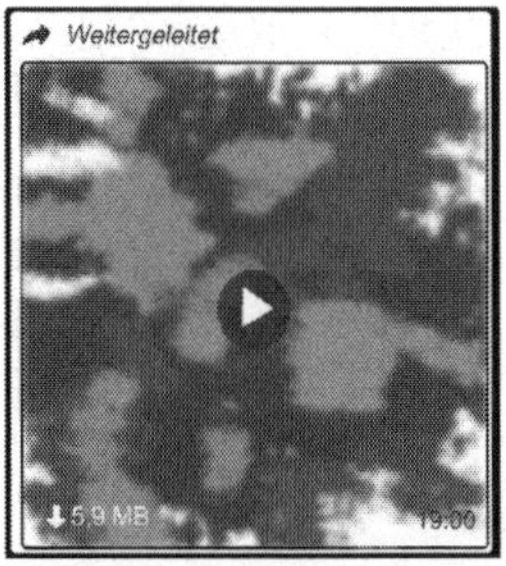

Video vom Konzert. Zur Aufmunterung!

Wir haben hier immer noch kein WLAN und mein Datenvolumen ist fast aufgebraucht. Kann das Video leider nicht laden. Deswegen konnte ich auch noch keine neuen Fotos auf Insta posten und TikToks erst recht nicht. Sorry!!!

Das würd mich so ankotzen. Guck mal, hast Du schon von dem Wettbewerb gehört? Da kann man tolle Preise gewinnen. Wollen wir da mitmachen?

Influencer gesucht!

Ihr habt spannende und inspirierende Storys, aber noch keine große Reichweite?
Dann seid dabei, wer bis zum 26. Dezember die meisten Follower hinzugewinnt, erhält ein professionelle Fotoausrüstung und ein Preisgeld von 2500 Euro!

Auf jeden Fall! Hoffentlich hab ich hier bald wieder Netz.
Ich muss Schluss machen, es klopft an der Tür. Wir sprechen uns morgen wieder!

Alles klar, Süße! Ciao!

»Herein!«, rufe ich.

Die Tür schwingt auf und Papa schleppt ein Paket herein, das größer ist als ich.

»Hallihallo, meine Räubertochter! Was musste ich eben von deiner Mutter erfahren?«

Papa schaut dabei gespielt ernst, kann sich sein verschmitztes Grinsen dann aber doch nicht verkneifen. Sein herbes Rasierwasser erfüllt sofort den ganzen Raum.

»Oh, ähm, ich musste nur an die frische Luft. Ich wollte nicht, dass sie sich Sorgen macht. Entschuldige! Ist das Paket für mich?«, versuche ich abzulenken.

»Eigentlich hast du es gar nicht verdient. Aber ja, das ist dein neues rotierendes Schuhregal!«

Papa wuschelt mir durch die Haare, was ich normal gar nicht mag. Doch im Moment bin ich einfach nur überglücklich. Es nervt nämlich total, dass meine schicken Schuhe ständig von dem wackligen Billigregal runterfallen.

»Wie cool! Jetzt muss ich nur noch ein Knöpfchen drücken und dann drehen sich meine Schuhe wie auf einem Karussell!«, quietsche ich aufgeregt.

»Naja, nicht ganz. Dieses Regal muss man per Hand drehen!«, sagt Papa und streicht sich über seinen Dreitagebart.

Echt jetzt? Wie lahm ist das denn?

Doch da grinst Papa und holt ein Päckchen hervor, das er hinter dem großen Paket versteckt hatte.

»Zum Glück habe ich gleich einen passenden elektronischen Bausatz dazu bestellt. Für zwei Experten wie uns sollte es kein Problem sein, das Regal zu pimpen, oder?«

»Danke, danke, danke, Papa! Du bist einfach der Beste!«

Ich falle ihm um den Hals. Ich liebe es, mit meinem Papa zusammen etwas zu bauen. Letztes Jahr haben wir in den Sommerferien eine richtig coole Flugdrohne gebaut, die sogar Videoaufnahmen macht und kleine Sachen transportiert.

»Schon gut, du Wildfang. Aber erst essen wir zu Abend.«

Im Flur duftet es schon köstlich nach Apfelpfannkuchen. Mein Lieblingsessen! Ich hüpfe in die Küche und setze mich auf die Eckbank.

»Tut mir leid, dass ich vorhin einfach abgehauen bin«, sage ich zu meiner Mutter.

»Mir tut der Streit auch leid.«

Mama lädt mir einen buttrig brutzelnden Pfannkuchen auf den Teller.

»Müsst ihr diese Woche noch arbeiten?«, frage ich und streue ordentlich Zimt und Zucker drüber.

»Ja, aber zu Weihnachten hat Papa Urlaub und ich schließe meine Praxis, damit wir etwas gemeinsam unternehmen können. Was denkst du?«, fragt sie mit ihrer einfühlsamen Psychologinnen-Stimme.

»Klingt gut. Wir könnten ins Kino oder Shoppen oder auf ein Konzert gehen«, zähle ich auf.

»Wir werden sehen, eines davon bestimmt«, sagt Mama und lacht dabei so, dass ich die kleine Zahnlücke zwischen ihren Schneidezähnen sehen kann.

Ich erzähle von meiner Begegnung mit Laura und nach dem Essen baue ich mit Papa mein neues Schuhregal zusammen. Das ist unser Ding. Dabei lachen wir viel und er erzählt mir, wie er früher mit seinem Papa in der Werkstatt gebastelt hat. Als er ein selbstdrehendes Gewürzregal für die Küche bauen wollte, hatte er die Geschwindigkeit unterschätzt und die Gewürzdöschen sind ihm um die Ohren geflogen. Bei unserem Regal machen wir das fast genauso. Damit sich das Regal dreht, schließen wir ein Rad an einen elektrischen Motor an. Sobald der Motor angeschaltet wird, dreht sich das Rad und bewegt damit das Regal. Genial einfach und einfach genial! Zum Glück hat Papa dazugelernt und uns sind diesmal keine Schuhe um die Ohren geflogen. Zufrieden streicht er sich über seine Bartstoppeln und klopft mir auf die Schulter. Wie jedesmal, wenn er das macht, fühle ich mich gleich ein Stück größer.

Das war gar kein so schlechter Tag!, denke ich, als ich mir später die Bettdecke über die Nase ziehe. In dieser Nacht träume ich davon, wie ich auf Figaro gemütlich durch die Wälder reite. Sein dunkles Fell glänzt in der Sonne, die Mähne weht im Wind und ich sehe aus wie eine Kriegerprinzessin. Ich trage einen schweren Umhang und meine Haare sind aufwendig geflochten. Aber ich habe das Gefühl, dass uns jemand verfolgt, und treibe Figaro an. Der Himmel verfinstert sich, die Vögel verstummen und in der Ferne ist ein Donnergrollen zu hören. Figaros Hufe klappern im wilden Galopp. Tock-tock, tock-tock.

Der Tannenbaum-Klau

»Was wollen wir heute machen?«, fragt Papa und wischt mit dem Finger über sein Tablet. Bestimmt erkundigt er sich gerade über die Museen in der Gegend.

»Wie wärf mif Kimo?«, schlage ich deshalb mit vollem Mund vor. Diese Brezeln sind aber auch echt lecker! Außen knusprig und innen fluffig, da braucht man nicht mal Butter drauf. Plötzlich klingelt es an der Tür.

»Ich geh schon. Das ist sicher das Paket, auf das ich warte«, sagt Papa. Doch als er zurückkommt, hat er kein Paket dabei, sondern Laura. Sie trägt hautenge Hosen, kniehohe Stiefel, ihren grünen Parka und einen Reiterhelm.

»Hi, ich wollte dich abholen. Wir wollten doch ausreiten, sobald es nicht mehr schneit! Figaro wartet draußen schon auf dich!«

Ich schaue aus dem Fenster, da stehen tatsächlich Melodie und Figaro im Vorgarten und schnauben freundlich zur Begrüßung. Vor Staunen bin ich erstmal sprachlos. Ist das immer noch ein Traum? Dann müsste ich aber spätestens jetzt aufwachen, als mir bewusst wird, dass ich noch im Schlafanzug bin. Peinlich! Mir schießt das Blut in den Kopf und meine Wangen werden heiß und rot.

»Oh, ja cool. Hab dich nicht erwartet. Wir hatten heute eigentlich einen Familientag geplant.« Ich versuche, locker zu klingen, und verschränke dabei die Arme vor der Brust, um den Teddy auf meinem Schlafanzug zu verdecken. Verdammt, warum hab ich ausgerechnet heute dieses alte Teil an?

Aber Laura scheint gar nicht darauf zu achten. Ihr Blick wandert neugierig durch die Küche und bleibt am Frühstückskörbchen hängen.

»Schade, dann ein andermal?«, fragt Laura.

»Geh ruhig mit deiner neuen Freundin. Papa und ich müssen sowieso erst noch in den Baumarkt«, schaltet sich meine Mutter ein und streicht sich ihre Lockenmähne hinters Ohr.

»Super! Ich zieh mich schnell um. Nimm dir doch so lang ein Croissant. Bin gleich wieder da!«, rufe ich und flitze schnell die Treppe zu meinem Zimmer hoch. Hoffentlich finde ich was Passendes zum Anziehen! Ich reiße meinen Kleiderschrank auf, wühle nach meiner Skinny Jeans und einem warmen Pulli. Dazu die gefütterten Stiefel und ein dunkelblaues Stirnband. Ja, das wird schon gehen. Reitermäßig, aber nicht zu schick. Die weiße Jacke steckt noch im Trockner und fühlt sich immer noch leicht feucht an. Deshalb entscheide ich mich lieber für die dunkelblaue Jacke vom letzten Jahr. Ist bestimmt auch besser so. Ich will heute Abend nicht schon wieder waschen müssen. Die Ärmel der dunklen Jacke sind zwar etwas kurz, aber mit Stulpen geht es trotzdem.

Laura wartet schon an der Haustür auf mich und überreicht mir einen Helm.

»Oh nö. Muss das sein? Damit sehe ich aus wie ein Clown, wenn meine roten Locken drunter vorquellen«, maule ich.

»Hier, dann nimm ein Haargummi von mir. Ohne Helm darf ich dich nicht auf das Pferd lassen.«

»Na gut«, lenke ich ein. Für Figaro, denke ich.

Mein Herz klopft, als ich neben ihm stehe. Die Ponys, auf denen ich in den Reitstunden geritten bin, waren viel kleiner. Hoffentlich blamiere ich mich nicht beim Aufsteigen.

»Man muss nur genug Schwung holen«, sagt Laura, als ob sie meine Gedanken gelesen hätte.

Ich greife an den Sattel, stelle meinen Fuß in den Steigbügel und stoße mich mit dem anderen Bein kraftvoll vom Boden ab. Trotzdem schaffe ich es nicht ganz, mein Bein über den Sattel zu schwingen, doch da spüre ich schon eine Hand, die mich die letzten Zentimeter nach oben schiebt.

»Uff, danke Laura«, sage ich etwas beschämt.

Laura lächelt aufmunternd: »Nichts zu danken!«

»Nimm die Zügel in die Hand und dann den Riemen zwischen dem kleinen Finger und dem Ringfinger durchführen. Genau so! Oben mit dem Daumen festhalten!«, erklärt sie und sitzt im nächsten Augenblick auch schon auf Melodie neben mir.

Das wusste ich zwar schon, aber beim Aufsteigen habe ich nicht so eine gute Figur gemacht, deshalb sage ich nichts und nicke höflich. Ich sollte echt öfter das Fahrrad nehmen oder laufen, statt mich von meinen Eltern rumkutschieren zu lassen.

»Los geht's!«, rufe ich und presse meine Beine leicht an Figaros Seite. Ich schwanke ein wenig und halte mich für einen kurzen Moment am Sattel fest. Figaro ist doch ein Stück größer als das Pony in der Reitschule und es ist ein ganz neues Gefühl, von so weit oben auf die Welt herabzuschauen.

»Keine Angst, Figaro ist ein ganz Ruhiger und kennt den Weg auswendig. Du musst dich nur oben halten.« Lauras langer, brauner Zopf schwingt hin und her, als sich Melodie in Bewegung setzt.

Anfangs bin ich etwas verkrampft, weil ich unsicher bin, ob Figaro mich einfach so als seine Reiterin akzeptiert. Aber Figaro ist wirklich ein Schatz und läuft von ganz allein friedlich neben Melodie her.

»Du hast eine tolle Haltung, Foxy!«, lobt mich Laura.

»Danke, Figaro macht es mir aber auch leicht«, antworte ich und zwinkere ihr zu.

»Wenn im Frühling der Löwenzahn blüht, musst du etwas aufpassen. Figaro liebt Löwenzahn und bleibt dann gerne abrupt stehen, um sich einen Snack zu gönnen. Einmal bin ich dabei fast über seinen Hals gesegelt, weil ich nicht damit gerechnet hatte«, sagt Laura und zeichnet mit ihrem Arm einen hohen Bogen in die Luft.

Im Moment ist die Gefahr aber eher gering, dass Figaro unter der Schneedecke einen Löwenzahn wittert und ich verliere allmählich meine Nervosität. Gut, dass ich schon Reitstunden hatte, aber mit Laura auszureiten, fühlt sich aufregend an. Es ist ein erhabenes Gefühl, auf einem Pferd zu reiten, ohne dass man von Erwachsenen begleitet wird. Der Schnee knirscht unter Figaros Hufen und die Felder glitzern strahlendweiß. Ich streiche über seine schwarze Mähne und Figaro schnaubt freundlich. Aus seinen Nüstern steigen kleine Wolken auf und Melodies Schweif hängt voller Schneeflocken. Das sieht fast aus wie ein Blütenhaarschmuck.

»Du hast es wirklich gut! Gleich zwei eigene Pferde!«

Laura seufzt.

»Habe ich was Falsches gesagt?«, hake ich nach.

»Wir können Figaro leider nicht behalten. Wir verkaufen die Nachzuchten, eigentlich spätestens, wenn sie eingeritten sind.«

»Warum das denn?«

»Die Pferde und der Gockelhof kosten viel Geld. Wir können es uns einfach nicht leisten, noch mehr Tiere zu halten. Figaro ist nur deshalb immer noch bei uns, weil er so einen ausgezeichneten Charakter hat und Mama ihn nicht einfach an irgendwen verkaufen will.«

»Oh, das verstehe ich. Schade! Aber vielleicht kauft ihn ja jemand aus der Nachbarschaft«, versuche ich, sie aufzumuntern.

»Möglich«, sagt Laura und lächelt dünn.

»Wieso heißt euer Hof eigentlich Gockelhof?«

»Weil der erste Besitzer des Hofes hauptsächlich Hühner gehalten hat und man den Namen für den Hof einfach beibehalten hat, als mein Urururgroßvater ihn gekauft hat. Außerdem haben wir ja auch noch ein paar Hühner und unseren Hahn Oskar. Aber nur für uns selbst. Wir verkaufen die Eier nicht und die Hühner werden nicht geschlachtet.«

Ich nicke und stelle mir vor, wie mein Leben wohl wäre, wenn meine Familie auf einem Bauernhof leben würde. Figaro ist ein Traumpferd. Er ist so lieb und hat wirklich ein ruhiges Wesen. Es wäre sehr schade, wenn er den Hof verlassen müsste! Bestimmt kauft ihn jemand, der Figaro weit wegbringt. Ich spüre, dass das Laura sehr traurig machen würde. Wenn ich Figaro kaufen könnte, wäre das Problem gelöst!

»Was soll Figaro denn kosten?«, frage ich deshalb.

»So 5000 Euro«, antwortet Laura.

»Boah, so viel!«

»Das ist doch nicht viel! Er ist ein großartiger Wallach!« Laura klingt schnippisch.

»So meinte ich das nicht!«

»Siehst du das auch? Ist unser Zaun kaputt?«, fragt Laura plötzlich. Dann wird sie auf einmal ganz blass und galoppiert davon.

»Hey! Was ist los?«, rufe ich ihr hinterher und treibe Figaro an. Obwohl Figaro nur trabt, werde ich erstmal durchgeschüttelt, kann mich aber schnell an die Bewegung anpassen. Am Horizont taucht bereits die Scheune hinter einem großzügigen Garten auf. Jetzt erst merke ich, dass wir fast schon wieder bei Laura zu Hause sind.

»Unsere Weihnachtsbäume! Ich fasse es nicht! Jemand hat unsere Weihnachtsbäume geklaut!«, ruft Laura.

In einem Maschendrahtzaun, der ein kleines Wäldchen umgibt, klafft ein großes Loch. Dahinter sind fünf Baumstümpfe mit frischen Schnittflächen zu sehen. Überall liegen kleine Tannenzweige auf dem Boden. Wie nach einem Baumgemetzel. Laura und ich steigen ab, um uns den Tatort genauer anzuschauen

»Ich rufe die Polizei«, schlage ich vor und krame bereits in meiner Jackentasche nach meinem Handy.

»Die können jetzt auch nichts mehr machen«, erwidert Laura.

»Doch natürlich! Die sichern die Spuren, der Täter hat bestimmt Finger- oder Fußabdrücke hinterlassen!«

»Pff, du hast wohl zu viele Krimis gesehen. Die Polizei nimmt die Anzeige zwar auf, mehr aber auch nicht. Die schnappen den Täter sowieso nicht. Bauern werden ständig Früchte von Bäumen und Feldern geklaut, aber wenn man die Täter nicht auf frischer Tat erwischt, hat man Pech gehabt.«

»Das ist ungerecht!«, rufe ich, aber Laura zuckt nur die Schultern.

»Lass uns zuerst meiner Mutter Bescheid geben. Auf die fünf Minuten kommt es jetzt auch nicht mehr an.«

Das ist wohl wahr. Wenn die Bäume eben erst gefällt worden wären, hätten wir das sicher gehört. War das in meinem Traum heute Nacht doch kein Hufgetrappel? Der Gockelhof liegt schließlich nur wenige Minuten mit dem Fahrrad von unserem Haus entfernt. Da entdecke ich am Zaun ein Stück roten Stoff.

»Schau mal! Da ist der Dieb hängen geblieben!«, sage ich und mache schnell ein Foto. »Das sollten wir den Polizisten sagen, damit sie zumindest den Beweis sichern!«

»Mach ruhig, aber ich glaube nicht, dass das was bringt!« Laura tritt mit ihrer Stiefelspitze ein Loch in den Schnee.

Wir steigen wieder auf und diesmal muss Laura mir fast nicht mehr helfen.

Sie galoppiert sofort los. Ich treibe Figaro ebenfalls an und überraschenderweise ist es im Galopp einfacher, sich oben zu halten als im Trab. Wir zügeln die Pferde erst, als wir wieder auf der Straße sind.

Die meisten Häuser hier haben niedrige Gartenzäune und einladende Vorgärten. Lauras Nachbar jedoch hat eine Hecke um seine Villa gezogen. Die ist so hoch und dicht, dass wir nicht drüber schauen können, obwohl wir auf den Pferden sitzen. Auf einem goldenen Klingelschild steht in geschwungener Schrift:

Dr. Ingo Schweinshaupt

Durch das Tor kann man einen Blick in die Einfahrt werfen. Dort hat er drei große und einige kleine Weihnachtsbäume aufgestellt. Der Nachbar steht auf einer Leiter und befestigt Lichterketten daran. Seine dicken Wangen schwabbeln hin und her, als er sich mühsam reckt. Um seinen Hals hat er einen blutroten Wollschal gewickelt und sein schwarzer Wintermantel spannt über seinem Kugelbauch. Er hat eine Zigarre im Mund und qualmt wie ein Schornstein.

Ich stelle mir vor, wie die Sprosse unter ihm bricht und er mit seiner Schweinsnase im Schnee landet und muss kichern.

Da dreht er sich schlagartig zu uns herum und brüllt sofort los: »Wehe, eure Viecher machen Dreck vor meinem Haus! Das wird bald ein Ende haben!« Hinter den runden Brillengläsern funkeln seine Schweinsäuglein böse.

So ein Armleuchter!

»Beachte den Schweinshaupt gar nicht«, raunt Laura mir zu. »Ned ämol ignoriere, sagt Oma immer!«

»So ein fieses Frettchen. Ich hoffe, ihm fallen seine Blumenkohlohren ab!«, fluche ich.

Wir erreichen den Gockelhof, bringen die Pferde in den Stall, striegeln sie und versorgen sie mit frischem Wasser und Futter. So viel Zeit muss sein, bevor wir zum Haus zurückgehen, um uns aufzuwärmen.

Im Vorraum hängen wir unsere Jacken an die Garderobe aus dunklem Eichenholz. Laura hat einen giftgrünen Pulli an mit der Aufschrift »Ich bin nichts für schwache Nerven«. Witzig!

Unter der Garderobe steht eine kleine Bank, wir setzen uns hin und ziehen unsere Stiefel aus. Laura benutzt dazu einen Stiefelknecht. Das ist ein Brett, das auf einer Seite leicht erhöht und in Form einer Ferse ausgeschnitten ist. Da klemmt sie ihre Hacke ein, hält mit dem anderen Fuß das Brett auf dem Boden und zieht einmal kräftig. Schon ist sie aus den Reiterstiefeln raus. Echt praktisch, vor allem, wenn die Schuhe voller Matsch und Stallmist sind.

Plötzlich brüllt Laura: »Maaamaaa!«

»Was ist denn los, um Himmels willen?« Frau Degenhardt stürmt um die Ecke. Sie ist ganz in weiß gekleidet und ist dabei, ihre schulterlangen, braunen Haare hochzustecken. »Ich muss gleich los in die Praxis! Heute wird der Schäferhund von Frau Häberle an der Hüfte operiert. Und ich muss assistieren.«

»Jemand hat unsere Weihnachtsbäume abgeholzt!«, ruft Laura mit hochroten Wangen. »Ach ja, das ist übrigens Foxy.«

»Hallo Foxy!« begrüßte Lauras Mutter mich und fragte dann entsetzt: Wie – abgeholzt?«

Während ich Frau Degenhardt kurz zuwinke, redet Laura schon weiter: »Gleich fünf Stück haben sie geklaut!«

»Auch das noch! Als ob ich nicht schon genug um die Ohren hätte!« Frau Degenhardt lässt sich auf die Bank vor der Garderobe plumpsen und ruft bei der Polizei an.

»Hallo Herr Faulhuber! Hier Degenhardt. Bei uns wurden fünf Weihnachtsbäume gestohlen!« Frau Degenhardt kaut auf ihrem Daumennagel herum und schweigt. »Nein, wir haben niemanden gesehen«, antwortet sie dann auf eine Frage, die Herr Faulhuber gestellt haben muss.

»Aber der Dieb ist am Zaun hängengeblieben und hat dabei sein Hemd zerrissen. Da ist bestimmt seine DNA dran«, rufe ich

»Entschuldigen Sie, das war eine Nachbarstocher. Sie hat zusammen mit Laura den Schaden entdeckt. Danke, Herr Faulhuber. Ich warte«, sagt Lauras Mama und macht mit ihrer freien Hand eine wegwedelnde Bewegung.

Es stinkt zum Himmel!

»Komm, wir gehen zu Oma«, flüstert Laura. Ihre Oma wohnt auch auf dem Gockelhof und hat eine Wohnung im Erdgeschoss. Als wir zur Tür reinkommen, stehen wir direkt in der Küche. Durch eine offenstehende Tür kann ich ins Wohnzimmer schauen. In einem dunkelgrünen Kachelofen knistert ein Feuer und es riecht nach einer Mischung aus Kaffee und süßlich-edlem Parfüm.

»Hallo Oma, ich habe Foxy mitgebracht.«

»Hallöchen, ihr zwei! Ihr habt sicher Hunger nach eurem Ausritt«, begrüßt uns Oma Helga. Sie hat kurzes, dunkelrot gefärbtes Haar mit hellen Strähnchen. Und auch sonst sieht sie nicht nach einer typischen Bilderbuch-Oma aus. Sie trägt lila Leggins und ein graues Strickkleid mit Kapuze.

Am Küchentisch steht eine Eckbank, auf der eine plüschige, überdimensional große Decke liegt. Laura und ich setzen uns und kuscheln uns sofort darin ein. Lauras Oma reicht uns ein Tablett mit heißem Kakao und Weihnachtsplätzchen! Mmmmh, Vanillekipferl, Spritzgebäck mit Zuckerguss und Florentiner! Vanillekipferl mag ich am liebsten und nehme mir gleich eins!

»Danke, die sind köstlich«, sage ich kauend.

»Oma, stell dir vor, heute Nacht haben Diebe fünf unserer Weihnachtsbäume abgeholzt!«, erzählt Laura aufgeregt.

»Das hat uns gerade noch gefehlt. Erst letzte Woche hat sich Herr Rössler wegen des Stallgeruchs beschwert. Heute war er wieder hier und hat behauptet, es stinke nach faulen Eiern. Wir sollen einen Luftfilter einbauen – als ob wir einen Geldscheißer hätten«, seufzt Oma Helga.

»Wer ist denn Herr Rössler?«, frage ich.

»Noch ein Nachbar von uns«, antwortet Laura

»Ist der Rössler jetzt erst hierhergezogen?«

»Nö, warum?«

»Das ist doch merkwürdig. Der Stall riecht doch nicht erst seit letzter Woche! Warum beschwert er sich ausgerechnet jetzt?«

»Stimmt, und nach faulen Eiern riecht es eigentlich auch nicht!«

»Ich glaube, hier stinkt etwas gewaltig; und das ist nicht euer Stall!«, schlussfolgere ich. »Komm, Laura, das erforschen wir jetzt mal.«

Wir schälen uns aus unserer Decke, schnappen unsere Jacken und quälen uns in die Stiefel. Draußen ist es immer noch eiskalt, aber wir stapfen über den Hof und laufen schnuppernd um den Stall herum. Dabei kontrollieren wir auch den niedrigen Anbau, in dem die Hühner untergebracht sind. Die Hühner sitzen gackernd im Stall, nur Oskar, der Gockel, scharrt draußen mit den Füßen im Schnee. Es riecht nach Heu, Stroh und Staub, aber nicht nach faulen Eiern.

»Wo wohnt der Rössler denn?«, frage ich Laura.

»Da drüben.« Laura zeigt auf ein zitronengelbes Häuschen hinter der Pferdewiese.

Wir laufen rüber und tatsächlich: Hier stinkt es!

»Bääh, was ist das denn?« Ich muss mir meinen Schal über den Mund ziehen, um atmen zu können.

»Jedenfalls nicht unser Stall! Sonst müsste es bei uns auf dem Hof auch so stinken. Aber das riecht, als ob etwas gestorben wäre!«

Wir folgen der Geruchsspur gegen den Wind, bis der Gestank kaum noch zum Aushalten ist. Wir sind ein ganzes Stück vom Stall entfernt. Hier irgendwo bei den Sträuchern am Rand der Wiese muss es sein.

Ich presse meinen Schal vor Mund und Nase und versuche, so wenig wie möglich zu atmen. Laura schlägt sich furchtlos mitten durchs Gebüsch; ich gehe lieber drumherum.

»Wäh! Hier ist es! Boah, wie widerlich!«, kreischt Laura auf einmal.

Ich schiebe die Äste ein wenig beiseite und kann eine blaue Plastiktonne erkennen, von der der bestialische Gestank ausgeht. Obwohl ich ein Würgen unterdrücken muss, gehe ich so nah wie möglich ran und mache schnell ein Beweisfoto mit meinem Handy. In der widerlichen Brühe schwimmen Fischköpfe und Eierschalen. Das ist die ekelhafteste Fischsuppe, die ich je gesehen habe. Laura und ich versuchen, die Tonne anzuheben, aber sie ist zu schwer und der Inhalt schwappt gefährlich. Wenn man davon auch nur einen Spritzer abbekommt, kann man seine Klamotten hinterher direkt verbrennen. Den Gestank bekommt man bestimmt nie wieder raus! Wir lassen die Tonne stehen und gehen erstmal ein paar Meter weg, damit wir durchatmen können.

»Wer macht denn sowas? Seinen Abfall da einfach im Gebüsch zu entsorgen?«, frage ich entgeistert.

»Das ist kein Abfall. Das hat jemand extra angerührt!«

»Was? Wieso sollte das jemand extra machen?«

»Keine Ahnung. Vielleicht um uns zu schaden«, überlegt Laura laut.

»Aber wer sollte euch schaden wollen?«

Laura zuckt mit den Schultern: »Weiß ich auch nicht. Der Rössler vielleicht.«

»Und warum?«

»Weil er findet, dass Frauen allein keinen Hof führen sollten.

Aber sowas traue ich ihm eigentlich nicht zu.«

Da kommt ein Mann mit einer schwarz-weißen französischen Bulldogge über die Wiese gelaufen.

»Bernd! Hey Bernd!«, ruft Laura und winkt aufgeregt. Der Mann hebt kurz den Arm und kommt in unsere Richtung.

»Hi Laura, wie geht's dir? Hast du eine neue Freundin?«, fragt er und die Bulldogge kläfft zweimal, als ob sie die Antwort auch interessieren würde.

»Das ist Foxy. Sie ist neu hier. Aber Bernd, wir brauchen deine Hilfe!« Laura ist immer noch ganz aufgeregt. »Jemand hat da hinten im Gebüsch eine Tonne mit stinkender Brühe hingestellt. Hilf uns bitte, die Brühe in den Gulli zu kippen!«

Das Gesicht des Mannes wird durch einen struppigen, dunkelbraunen Vollbart verdeckt und seine schwarze Datschkappe hat er tief in die Stirn gezogen. Trotzdem habe ich den Eindruck, dass er nicht sehr glücklich über Lauras Bitte ist.

»Uh, ich weiß nicht. Das stinkt ja bestialisch. Am Ende bekommt meine Kleine noch was ab. Molly badet überhaupt nicht gerne«, versucht Bernd, sich herauszureden. Molly bellt wie zur Bestätigung und lässt dümmlich ihre Zunge raushängen.

»Bitte, Foxy kann solange auf Molly aufpassen. Wir wissen nicht, wer das hier hingestellt hat, aber wir müssen es wegmachen. Mama hat schon genug Sorgen.«

Bernd schaut skeptisch zum Horizont und ich fürchte schon, dass er uns stehenlässt. Nachdenklich zupft er an seinem Bart.

»Na gut, deiner Mama zuliebe will ich mal die Luft anhalten. Hier pass gut auf meine kleine Pummelfee auf!« Bernd gibt mir die Strass besetzte Leine in die Hand.

Insgeheim bin ich erleichtert, dass ich nicht noch mal in die Nähe dieser Giftbrühe muss. Laura und Bernd verschwinden in den Sträuchern und entsorgen die Brühe unter vielen »Uähs« und »Ihhhs«.

»Danke, Bernd! Das war echt ekliges Zeug. Ich werde Mama von deiner Heldentat berichten!« Laura zwinkert ihm zu.

»Ach, nicht der Rede wert. Wirklich nicht. Braucht keiner zu wissen, dass ich euch geholfen habe«, sagt er lächelnd, klingt dabei aber seltsam ernst. Er klopft sich den Schnee von der Jacke und nimmt die Hundeleine wieder an sich.

»Macht's gut und liebe Grüße an deine Mama und deine Oma«, sagt Bernd mit seiner kratzigen Stimme. Dann überquert er zügig die Wiese und Molly wackelt hinter ihm her.

»Woher kennst du Bernd?«, frage ich Laura.

»Er ist ein Freund der Familie. Manchmal hilft er Mama bei schweren Arbeiten.«

»Irgendwie war er komisch. Meinst du er könnte was damit zu tun haben?«

Laura schweigt, schüttelt dann aber langsam den Kopf.

»Ich denke nicht. Ich glaube, er mag meine Mama«, sagt Laura so leise, dass ich sie kaum verstehen kann.

»Heute Abend wird der Weihnachtsmarkt auf dem Marktplatz in Schwäbisch Hall eröffnet. Hast du Lust, mit uns hinzugehen?«, frage ich, um Laura auf andere Gedanken zu bringen. Es ist zwar erst früher Nachmittag, aber es wird schon dunkel.

»Ja, super gerne! Ich muss nur vorher noch meine Mama fragen. Aber sie hat sicher nichts dagegen!«

»Ich sollte mich auf den Heimweg machen. Gibst du mir deine Handynummer? Dann können wir uns Snaps schicken«, frage ich.

»Klar, wenn du magst, kannst du danach hier übernachten. Ich begleite dich noch ein Stück!«, bietet Laura an.

Wir tauschen Nummern und bevor wir uns auf den Weg machen, verrät mir Laura ihr WLAN-Passwort, damit ich endlich ein paar Fotos an Melek schicken kann.

Auf dem Weg zu mir kommen wir wieder am Haus vom Schweinshaupt vorbei. Die grauen Wolken scheinen knapp über den Dächern zu hängen und die kalte Luft kitzelt in meiner Nase.

»Hatschi!«

»G'sundheit«, sagt Laura und wir kichern. Als wir uns dem Gittertor nähern, verstummen wir. Aber Glück gehabt! Kein Schweinshaupt zu sehen. Sein kleiner Weihnachtsbaumwald vor dem Eingang ist jetzt hell erleuchtet. Da geht mir plötzlich ein Licht auf!

»Bestimmt hat der Schweinshaupt die Bäume gestohlen!«, flüstere ich.

»Quatsch, der hat doch genug Kohle, um sich die Bäume zu kaufen«, erwidert Laura.

»Möglich. Aber reich wird man nicht, indem man Geld ausgibt, sagt Papa immer.«

»Da mag was dran sein.«

Laura bleibt stehen und schaut sich um. Es ist niemand zu sehen.

»Traust du dich nachzusehen, ob das unsere Bäume sind?«

4

Ein erster Verdacht

»Du meinst *einbrechen*?« Meine Stimme klingt plötzlich ganz piepsig.

»Wir sehen uns ja nur außen ein wenig um, das ist kein richtiger Einbruch«, meint Laura gelassen.

»Aber wenn er uns erwischt, dann bekommen wir richtig Ärger!«

Laura grinst wagemutig. »Das könnte passieren. Also, was ist? Bist du dabei? Du kannst auch einfach nach Hause gehen.«

Aber was, wenn der Schweinshaupt schuldig ist? Ist es dann nicht meine Pflicht als Freundin, Laura zu helfen, damit der Verbrecher seine gerechte Strafe bekommt?

»Okay, ich bin dabei«, sage ich leise, aber bestimmt.

»Aber nicht hier.« Laura zieht mich um die Ecke in den Nachbargarten. »Schweinshaupt ist so ein Ekel. Wenn wir beim Kicken den Ball in seinen Garten schießen, behält er ihn jedes Mal. Aber ich hab rausgefunden, dass die Hecke hier hinter dem Gartenschuppen ein Loch hat.«

»Du meinst, ich soll durch den Dreck kriechen?« In diesem Moment bin ich froh, dass ich die alte Jacke angezogen habe.

»Halb so wild. Im Winter gibt es kaum Spinnen.«

Laura zuckt mit den Schultern und verschwindet in der Hecke. An Spinnen hatte ich überhaupt noch nicht gedacht! Aber wie stehe ich denn da, wenn ich jetzt einfach weglaufe? Das wäre heute dann sicher mein erster und letzter Ausritt gewesen, wenn ich meine Freundin hängenlasse. Mir bleibt aber auch wirklich gar nichts erspart.

»Wo bleibst du denn?«, zischt Laura durch die Hecke. Sie scheint echt furchtlos zu sein.

Ich hole erst mal tief Luft, bevor ich wie im Schwimmbad abtauche. Kleine Zweige schlagen mir ins Gesicht und ich presse meine Lippen fest aufeinander. Es fühlt sich an, als ob mein Gesicht von hunderten kleinen Krabbelviechern gestreift würde. Aber Augen zu und durch! Als ich endlich wieder stehen kann, klopfe ich mich gründlich ab. Laura schüttelt nur lächelnd den Kopf. Lacht sie etwa über mich? Doch dann läuft sie auch schon geduckt zu den Weihnachtsbäumen und ich folge ihr. Die großen Fenster der Villa sind hell erleuchtet. Hoffentlich schaut der Schweinekopf nicht gerade raus. Plötzlich springt ein Flutlicht an und leuchtet den Innenhof taghell aus. Instinktiv drücke ich mich hinter den Weihnachtsbäumen an die Hauswand.

»Verdammter Bewegungsmelder! Der muss neu sein!«, flucht Laura leise. Mit angehaltenem Atem lauschen wir, ob sich im Haus etwas tut. Aber es ist mucksmäuschenstill. Laura betrachtet die Zweige der Weihnachtsbäume kritisch und schüttelt enttäuscht den Kopf.

»Keine Nordmanntannen«, flüstert sie.

»Was meinst du damit?«

»Wir pflanzen nur Nordmanntannen, aber das hier sind Edeltannen, eine andere Sorte. Das kann man riechen, Edeltannen haben einen starken Duft, Nordmanntannen überhaupt nicht. Hier schnupper mal!« Laura biegt einen Zweig vor mein Gesicht und der typische Weihnachtsbaumduft steigt mir in die Nase.

Da geht direkt über uns ein Fenster auf. Mit einem Satz springt Laura auf und drückt sich ebenfalls an die Wand unter dem Fenster.

Eine schwarze Bulldogge mit hängenden Sabberlefzen schaut aus dem Fenster und kläfft wie verrückt!

»Verdammt!«, zischt Laura und wir verharren regungslos. Mein Herz pocht wild und ich halte die Luft an. Vorsichtig schaue ich nach oben und sehe eine flache Hundeschnauze und einen riesigen, roten Zinken. Hoffentlich entdeckt er uns nicht!

»Was hast du denn, mein Prinz?«, fragt der Schweinshaupt mit sanfter Stimme und schaut angestrengt aus dem Fenster. Eine Duftwolke aus abgestandenem Zigarrenqualm schwappt über uns. Wie kann man so ein schickes Haus nur so vollstänkern?

»Ist da draußen jemand?«, ruft Schweinshaupt in die Dunkelheit hinein. Als ob ein Einbrecher so doof wäre, darauf zu antworten. Wir sind es jedenfalls nicht.

»Das war sicher wieder nur ein Vogel, der den Bewegungsmelder ausgelöst hat, mein kleiner Prinz. Komm, ich hab ein Leckerchen für dich!«

Ich höre, wie das Fenster geschlossen wird, und atme erleichtert aus. Wir verharren noch ein Weilchen regungslos, falls er noch am Fenster steht, aber dann erlischt das Licht über uns.

»Nichts wie weg hier!«, flüstere ich und gehe diesmal vor. Meine Knie zittern, als wir endlich wieder auf der Straße stehen und meine Hände sind schweißnass.

Laura grinst verschmitzt und klopft mir auf die Schulter:

»Mit dir kann man wirklich Pferde stehlen!«

»Danke, du bist aber auch taff«, gebe ich das Kompliment zurück.

»Jetzt musst du aber echt los, soll ich dich weiter begleiten?«, fragt Laura.

»Nein danke, mittlerweile kenne ich den Weg. Ich schreib dir nachher!«, rufe ich zum Abschied.

Bevor wir auf den Weihnachtsmarkt gehen, mache ich noch ein paar Fotos für unseren Instagram-Account. Ich schiebe einen schmalen hohen Tisch in eine freie Zimmerecke und stelle meinen neuen Nagellack darauf. Aber das Foto wird viel zu dunkel.

Also verschiebe ich meine Tageslichtlampe und richte sie auf die Lackfläschchen. Schon viel besser! Aber der weiße Hintergrund wirkt jetzt total langweilig. Ich laufe durchs Haus und suche passende Dekoration. Schließlich komme ich mit Nagelfeile und Zehentrenner aus dem Bad, einem Kissen aus dem Wohnzimmer und Weihnachtsfiguren aus dem Hausflur zurück. Nachdem ich alles hübsch drapiert habe, sieht das Foto schon richtig professionell aus. Das muss ich sofort posten. Das Hochladen funktioniert ungewöhnlich schnell. Heißt das etwa ...? Ja, endlich! Ich hab wieder W-LAN! Jippie! Von Melek bekomme ich sofort einen Like.

Nice! Da hast du dir aber voll Mühe gegeben! 😍

Ja, muss die Deko gleich wieder zurücklegen, hab ich im Haus zusammengesucht. Hat eeewig gedauert, bis das Foto perfekt war. 🙄

Hab uns für den Wettbewerb angemeldet, aber die Konkurrenz ist echt stark. Einer hat schon über 10.000 Follower.

Boah, wie sollen wir da mithalten? 😲

Geht ja nicht darum, wer die meisten Follower hat, sondern wer die meisten Follower hinzugewinnt. 🤷 Außerdem soll der Account »spannend und inspirierend sein«. Ich werd morgen was über die Freundschaftsarmbänder posten, die meine Tante in ihrem Shop verkauft. Wallah, die sind der Hammer und total inspirierend! ♡♡♡

Mega Idee! Heute war bei mir superspannend: Ich durfte auf Figaro ausreiten und dann haben wir einen Weihnachtsbaumdiebstahl entdeckt. 😳 Ich schicke dir nachher noch eine Sprachnachricht und erzähl dir alles im Detail. Ich muss mich jetzt noch umziehen, bevor wir auf den Weihnachtsmarkt gehen.

Viel Spaß, Süße!

5

Ausflug nach Hall

Laura und ich sitzen auf der Rückbank unserer Familienkutsche, einem uralten Audi, und fahren mit meinen Eltern auf den Weihnachtsmarkt. Am Straßenrand steht ein großes Schild »Weihnachtsbaumverkauf ab 10 Euro«.

»Das ist aber günstig! Da holen wir nächste Woche unseren Baum«, ruft Papa erfreut.

Laura schaut betrübt und streicht über ihren Zopf, sagt aber nichts.

»Lauras Mama verkauft auch Weihnachtsbäume! Ich will eine Nordmanntanne«, werfe ich ein.

»Seit wann kennst du dich denn so gut mit Bäumen aus?« Mein Vater klingt amüsiert.

»Seit heute!«.

Laura lächelt mich dankbar an und ihre Augen strahlen. »Wenn ihr den Baum selbst schlagt, bekommt ihr ihn auch günstiger!«

»Och, das ist mir zu anstrengend«, beschwert sich Papa und ich kann im Rückspiegel sehen, wie er seine Stirn runzelt.

»Ich finde, das ist eine wundervolle Idee. Das macht bestimmt Spaß!«, widerspricht Mama und zwinkert mir über die Schulter zu.

Sie ist einfach die Beste! Wenn es darum geht, anderen zu helfen, ist auf Mama Verlass! »Berufskrankheit«, sagt sie dazu. Ich finde

das gar nicht krank. Anderen *nicht* zu helfen, das ist krank. Es ist super, dass meine Mama so ein feines Gespür dafür hat, wenn andere Unterstützung brauchen!

Laura zeigt meinem Papa einen kostenlosen Parkplatz direkt an der Gottwollshausener Steige. Das hebt seine Laune gleich wieder. Mama trägt heute ihren dunkelblauen Wollmantel mit einer Doppelreihe aus großen silbernen Knöpfen und sieht damit sehr elegant aus. Papa hingegen hat seine hellblaue Wanderjacke mit den Reflexionsstreifen angezogen und sticht damit voll aus unserer Gruppe raus. Total peinlich! Wir überqueren den Kocher über eine steinerne Brücke.

Laura erklärt uns: »Das ist die Henkersbrücke. Da, wo der Pavillon steht, hat der Henker früher Zoll für Holz verlangt.«.

»Wieso das?«, fragt meine Mama interessiert und ich rolle mit den Augen.

»Die Salzsieder brauchten viel Holz, um Feuer zu machen. Das Salz wurde nämlich aus salzhaltigen Quellen geschöpft und musste dann erst ausgekocht werden. Die Baumstämme haben sie einfach weiter oben im Wald in den Fluss geworfen und dann sind die Stämme fast von allein in die Stadt getrieben. Aber warum der Henker den Zoll erheben durfte, keine Ahnung. Vielleicht hat der Henker kein Gehalt bekommen oder er musste die Steuern eintreiben, weil alle Angst vor ihm hatten.«

»Pff, so viel Aufwand für etwas Salz!«, sage ich.

»Salz war damals so wertvoll wie Gold!«, wirft nun Papa ein und macht sein Schlaumeier-Gesicht. Dabei streckt er einen Zeigefinger in die Höhe und zieht eine Augenbraue hoch.

So teuer soll das das mal gewesen sein? Heute gibt es Salz in jedem Supermarkt, günstig zu kaufen.

»Woher weißt du das denn alles?«, flüstere ich Laura zu.

»Meine Oma, Mama und ich, wir gehören zu den Salzsiedern«, erklärt Laura mit hörbarem Stolz in der Stimme.

»Ach so«, sage ich nur, obwohl ich mich frage, was ein Salzsieder heute so macht. Ob sie mit ihrer Mama tatsächlich noch Salz auskocht?

Direkt hinter der Brücke befindet sich die Fußgängerzone. Die Neue Straße führt bergauf und wird von Geschäften gesäumt: Boutiquen, Juweliere, sogar ein Drogeriemarkt! Die Fachwerkhäuser sind festlich mit Lichterketten geschmückt und verbreiten ein warmes Licht. In den Schaufenstern glänzen die Fake-Geschenke in silberner, goldener und roter Folie mit riesigen Schleifen drauf. Da entdecke ich eine stylishe türkise Handtasche und ein paar süße Perlenohrringe. Aber allein die Handtasche kostet schon fünfzig Euro.

»Mama, schau mal, das wär doch was für dich!«, flöte ich.

»Netter Versuch, Foxy«, sagt Mama und lacht. Naja, man kann es ja mal probieren. Auf meinem Wunschzettel stehen nämlich schon ein paar neue Boots aus veganem Leder. Die will ich unbedingt haben, weil Paula Gold sie in ihrem letzten Video getragen hat. Nach einer letzten anstrengenden Steigung stehen wir auf dem Marktplatz und vor uns erhebt sich eine riesige Kirche. Die große Freitreppe ist atemberaubend.

»Boah, das sind bestimmt über fünfzig Stufen!«

»Die Michaelskirche hat 53 Stufen, um genau zu sein«, erläutert Papa mit Blick auf sein Handy. »Wollen wir mal hochgehen und schauen, ob sie geöffnet ist?«

Och nö! Darauf habe ich jetzt wirklich gar keine Lust. »Laura kennt das bestimmt schon«, antworte ich deshalb diplomatisch.

»Man kann die Kirche im Winter leider nur bis 15 Uhr besichtigen«, sagt Laura.

Papa zieht eine Schnute, aber Mama sieht erleichtert aus, dass ihr die vielen Stufen erspart bleiben.

Die schmucken Fachwerkhäuser, die den Marktplatz säumen, werden von den Lichterketten in goldenes Licht getaucht und mir steigt der köstliche Duft von Bratwurst und Süßigkeiten in die Nase.

»Mama, darf ich gebrannte Mandeln haben?«

»Wenn du sie von deinem Taschengeld bezahlst, sicher!«

»Ach menno, es ist doch bald Weihnachten!«

»Eben drum, du hast genug Süßes in deinem Adventskalender!«

Süßigkeiten im Adventskalender zählen nicht, das weiß doch jeder. Aber ich will Mama kurz vor Weihnachten lieber nicht verärgern, die Paula-Gold-Boots sind nämlich leider nicht günstig. Und eigentlich steht mittlerweile Figaro ganz oben auf meiner Wunschliste, aber der ist ja noch teurer.

Ich opfere also mein Taschengeld und bekomme für drei Euro eine große Tüte in die Hand gedrückt, die so voll ist, dass sie kaum zugeht. Zum Essen muss ich meine roten Wollhandschuhe ausziehen, aber zum Glück ist die Tüte noch schön warm. Laura und ich teilen uns die weichen und klebrigen Mandeln. Ultralecker! Laura hat Handschuhe, die die Fingerspitzen frei lassen, und muss sie deshalb nicht ausziehen. Das ist voll praktisch. So welche brauche ich auch!

Meine Eltern stehen am Glühweinstand und sind bester Laune.

»Wir sind dann mal nebenan beim Weihnachtsschmuck!«, gebe ich Bescheid.

Mama ermahnt uns: »Alles klar, aber geht nicht weiter weg!«

Der Stand steht voller kleiner Figuren, die aus Tannenzapfen, Eicheln und Bucheckern gebastelt wurden. Niedliche kleine Wichtel stehen neben Fliegenpilzen und Schaukelpferden.

»Oh, wie süß!« Laura zeigt auf ein kleines Männlein mit einem roten Kapuzenmantel.

»Das kann ich auch selber basteln!«, sage ich grummelig und bereue meinen Tonfall sofort. Laura kann schließlich nichts dafür, dass meine Eltern geizig sind und kein extra Weihnachtsmarktgeld springen lassen wollten. »Aber sie sehen schon sehr niedlich aus«, schiebe ich deshalb schnell hinterher.

»Voll die Hammeraktion! Krasse Weihnachtsbaumbeschaffung letzte Nacht!«, sagt ein Typ in abgewetzten Jeans und Lederjacke und klopft seinem Kumpel auf die Schulter. Ich spitze die Ohren, aber die jungen Männer entfernen sich schon wieder.

»Hast du das auch gehört?«

»Klar, hinterher!«, flüstert Laura aufgeregt.

Wir heften uns den Jungs an die Fersen und tun dabei so, als ob wir die Auslagen in den Buden betrachten würden.

»Das wird Eindruck bei deiner Freundin schinden!«, meint der Typ mit der Lederjacke.

»Das will ich auch hoffen, das war 'ne Menge Arbeit, das Zeug unbemerkt im Keller zu verstecken! Die Zweige haben 'ne Nadelspur durchs Haus gezogen«, antwortet der andere.

Er ist einen Kopf kleiner und molliger als sein Kumpel, hat aber den gleichen schmuddeligen Stil. Wenn man das überhaupt Stil nennen kann. Der Look schreit geradezu: »Kriminell!«

»Unfassbar! Das muss der Dieb sein!«, flüstere ich.

Die Jungs verlassen den Marktplatz über eine Treppe neben einem Haus, das leuchtend orange gestrichen ist, und verschwinden aus unserem Blickfeld.

»Verdammt, hinterher!«, flüstert Laura.

Auf der Treppe stauen sich die Menschen mit Taschen voller Weihnachtseinkäufen. Eine Gruppe älterer Damen und Herren blockiert fröhlich schwatzend die untere Hälfte der Treppe und macht keine Anstalten, sich weiterzubewegen. Ich überlege schon, ob ich mit einer Ninjarolle unter dem Gewusel hindurchtauchen könnte, da spricht Laura einfach eine der Damen an: »Grüß Gott, Frau Büchner, 'tschuldigung, aber wir müssten hier kurz durch.«

»Grüß Gott, Laura. Natürlich. Entschuldige. Wer ist denn deine neue Freundin?«

»Das ist Foxy Kätterle. Sie ist erst vor kurzem hierher gezogen«, antwortet Laura höflich und ich nicke kräftig zur Bestätigung.

»G'fällt's dir bei uns in Hall?«

»Ja, sehr. Wir müssen jetzt aber wirklich weiter«, sage ich mit meinem freundlichsten Lächeln und schiebe Laura ein wenig an.

»Gruß an die Familie«, ruft uns Frau Büchner noch hinterher.

»Danke, ebenfalls«, ruft Laura noch über ihre Schulter zurück.

Durch den kleinen Smalltalk haben wir unsere Zielobjekte völlig aus den Augen verloren.

Wir gehen auf der gegenüberliegenden Seite wieder ein paar Stufen zur Sparkasse hinauf, um den Platz besser zu überblicken. Da tippt mir plötzlich jemand von hinten auf die Schulter.

»Na, sucht ihr uns?«, fragt der lange Typ mit einem schmierigen Grinsen.

Ich zucke zusammen und verliere vor Schreck fast das Gleichgewicht. Zum Glück steht Laura neben mir und stärkt mir den Rücken. Einige Leute drehen sich um und werfen uns neugierige Blicke zu.

»Kleine, ich fühl mich geschmeichelt, aber meine Freundin wartet zu Hause auf mich. Kein Interesse!«, sagt der Dicke und schnaubt verächtlich.

Boah, glaubt der etwa echt, dass wir ihn verfolgen, weil wir auf ihn stehen? Der spinnt ja wohl!

»Willst du deine Freundin etwa mit geklauten Weihnachtsbäumen überraschen?«, kontert Laura mit lauter Stimme.

»Was? Nein, ich klaue keine Bäume! Du hast ja 'nen Schuss!«

»Wir haben genau gehört, dass du die Bäume bei dir im Keller versteckst!«, rufe ich, als ich meine Fassung wiedergefunden habe.

»Ihr spinnt doch. Macht euch vom Acker«, knurrt der Dicke und baut sich bedrohlich vor uns auf. Mein Hals wird ganz trocken und ich weiche instinktiv einen Schritt zurück.

»Was ist denn hier los?«, unterbricht uns plötzlich ein Polizist harsch.

Zum Glück ist der zufällig vorbeigekommen, denke ich und rufe: »Der da hat die Weihnachtsbäume in Gottwollshausen geklaut!«

Laura nickt eifrig.

»Soso, hat er das?«, fragt der Polizist. In seinem struppigen Schnauzbart glitzern kleine Eiskristalle.

»Natürlich nicht, Herr Faulhuber! Ich hab kein Geld für einen großen Baum, also hab ich im Wald Zweige gesammelt, Löcher in eine Holzlatte gebohrt und so einen Baum für die Lisa gebastelt«, erwidert der Dicke.

»Zweige sammeln ist nicht verboten. Habt ihr irgendwelche Beweise für eure Anschuldigungen?«, fragt Herr Faulhuber und zieht eine Augenbraue hoch.

Die zwei kennen sich doch! Das ist doch ein abgekartetes Spiel!

»Nein, haben wir nicht«, sagt Laura und schaut betreten zu Boden.

»Dann solltet ihr vorsichtig mit solchen Anschuldigungen sein. Eure Eltern machen sich übrigens schon Sorgen, weil ihr verschwunden seid, und suchen nach euch. Überlasst die Ermittlungen lieber der Polizei. Wenn euch etwas Verdächtiges auffällt, könnt ihr mich jederzeit anrufen. Ihr bekommt von mir auch eine Belohnung, wenn ihr der Polizei sachdienliche Hinweise liefert.«

Herr Faulhuber überreicht jedem von uns eine Visitenkarte. Dann schiebt er uns sanft Richtung Weihnachtsmarkt zurück, da kommt mir auch schon meine Mutter entgegen gestürmt.

»Was hab ich dir vorhin gesagt?«, schimpft sie lauthals und ihre grünen Augen funkeln zornig.

»Tut mir leid. Laura kann nichts dafür«, murmle ich.

»Na, ist ja noch mal gutgegangen«, beschwichtigt Herr Faulhuber sie und verabschiedet sich. Ich bin erleichtert, dass er meinen Eltern nichts von unserer Verfolgungsjagd erzählt hat. Vielleicht ist er doch ganz in Ordnung.

6

Eine Falle für den Dieb

»Geht das für Sie auch wirklich in Ordnung, Frau Degenhardt?«, fragt meine Mutter, als sie Laura und mich bei ihr abliefert.

»Aber natürlich. Wir freuen uns immer über Gäste, Frau Kätterle!«

Lauras Mutter trägt einen roten Weihnachtspullover mit einer großen Schneeflocke drauf und aus der Küche duftet es herrlich nach Bratäpfeln. Während sich die Erwachsenen an der Tür festquatschen, verschwinde ich mit Laura auf ihrem Zimmer. Ihre Wände hängen auch voller Poster, aber bei ihr sind es ausschließlich Tierposter. Die meisten davon zeigen Kaltblüter und Katzenbabys. Während Laura sich umzieht und einen gemütlichen XXL-Pulli aus ihrem Schrank holt, überprüfe ich kurz, wie mein Posting ankam. Außer Melek haben nur drei unserer Freundinnen aus der Schule geliked. Wieso bekommt das Nagellack-Foto von Paula Gold 40000 Likes und meins nur vier? Frustriert krame ich den Rest der gebrannten Mandeln hervor, lasse mich auf Lauras Himmelbett fallen und zerbeiße die knackige Karamellschicht geräuschvoll.

»Das war eine Pleite«, sage ich gedankenverloren.

»Ja, sowas von. Herr Faulhuber hat recht, wir sollten das der echten Polizei überlassen«, antwortet Laura, während sie ihren geflochtenen Zopf aufdröselt.

Faulhuber? Ich brauche einen Moment, um zu schalten.

»Herr Faulhuber hat aber auch gesagt, dass wir Beweise brauchen, wenn wir die Diebe überführen wollen«, sage ich.

»Ich weiß nicht«, murmelt Laura. Sie bürstet ihre langen braunen Haare und schweigt.

»Stell dir vor, der Dieb holt sich auch noch die restlichen Bäume!«, rufe ich entrüstet.

»Hast du eine Idee?«

»Wir müssten eure Bäume markieren, damit wir beweisen können, dass sie euch gehören«, überlege ich laut und richte mich auf.

»Du meinst in alle Stämme unsere Initialen ritzen? Das dauert viel zu lange und außerdem können die Bäume krank werden, wenn man ihre Rinde beschädigt.«

»Nee. Es muss unauffällig sein und darf von den Dieben nicht entfernt werden können«, sage ich.

Laura tippt sich mit dem Finger auf die Nase und starrt an die Decke. Plötzlich springt sie auf und läuft zu ihrem riesigen Eichenholzschrank: »Ich hab's!« Sie wühlt im untersten Fach zwischen Zeitschriften und altem Spielzeug.

»Was suchst du denn?«

»Hier!« Stolz zieht sie zwei Spraydosen unter einem Hexenkostüm hervor. »Die Farbe ist von der letzten Faschingsparty übrig, die ist unsichtbar und leuchtet nur unter Schwarzlicht!«

»Die Idee ist mega! Wir sollten die Farbe gleich aufsprühen«, schlage ich vor und reiche ihr die restlichen Mandeln. »Die hast du dir verdient!«

»Danke«, sagt sie grinsend und schüttet die Mandeln alle auf einmal aus der Tüte in ihren Mund. »Aber meine Mutter lässt uns so spät sicher nicht mehr allein raus.«

»Dann müssen wir uns eben rausschleichen.«

Ich fühle mich wie eine richtige Agentin. Wir packen unsere Ausrüstung zusammen und besprechen unsere Strategie.

Zum Schein ziehen wir unsere Schlafanzüge an, denn es wäre zu auffällig, wenn wir sofort losgehen würden. Ich habe meinen schicken Schlafanzug in Dunkelblau mit weißen Punkten eingepackt. Lauras schwarzer Schlafanzug hat eine Kapuze mit Katzenohren dran und drauf steht in neongelben Buchstaben: »Me Wow!«

»Was ist eigentlich deine Lieblingspferderasse?«, frage ich und deute auf ein Poster mit einem Shire Horse, es gehört zur größten Pferderasse der Welt.

»Ich mag natürlich alle Pferde, aber Friesen und Shire Horses finde ich besonders toll. Kaltblüter sind stark und haben ein ruhiges Gemüt«, antwortet Laura.

»Aber man braucht eine Leiter, um sie zu striegeln!«

»Das kann schon sein. Aber Haflinger sind auch Kaltblüter und werden nicht besonders groß«, sagt Laura und deutet auf ein Poster, auf dem eine Katze auf einem Haflinger reitet. Die charakteristische karamellfarbene Fellfärbung mit der hellen Mähne ist unverwechselbar.

»Haflinger sind Kaltblüter? Ich habe gehört, dass ...«

Auf einmal wird die Türklinke zu Lauras Zimmer unerwartet runtergedrückt, ich fahre vor Schreck zusammen. Es ist aber nur Möhre, die gelassen ins Zimmer spaziert. Ich gehe zur Tür und schaue hinaus, aber es ist weit und breit kein Mensch zu sehen.

»Möhre kann alleine Türen öffnen?« Ich bin erstaunt.

»Ja klar, das ist eine ihrer leichtesten Übungen.« Laura krault Möhre hinter den Ohren. Die Katze schnurrt sichtlich zufrieden und streckt sich lang auf dem Boden aus. Dabei sieht sie tatsächlich wie eine Möhre aus. Laura neigt ihren Kopf ganz nach unten und Möhre schnellt nach oben, um Köpfchen zu geben. So sagen Katzen nämlich: »Ich mag dich!« Meleks Katze hat das auch immer gemacht, um Melek nach der Schule zu begrüßen. Wir spielen noch ein wenig mit ihr und schließlich rollt Möhre sich zufrieden vor der Heizung in einem kleinen alten Karton ein, obwohl direkt daneben ein großes, weich gepolstertes Körbchen steht. Sie tapst mit ihren Pfötchen gegen den Rand des Kartons und fährt dabei genüsslich ihre glänzenden Krallen aus.

Meine Krallen hingegen sehen ganz schön mitgenommen aus. Der rote Lack ist an den Spitzen total abgeblättert.

»Schau mal, ich habe Schneeflocken-Sticker und Nagellack in Weihnachtsfarben: rot und grün! Wollen wir uns die Nägel lackieren?«, frage ich deshalb und hole das Nagellack-Set aus meinem Kulturbeutel. Ich extra es dafür eingepackt. »Das hat mir meine beste Freundin Melek zum Abschied geschenkt.«

»Der wird bei mir nicht lange halten, aber lass es uns versuchen!«

»Wieso hält Nagellack bei dir nicht?«, frage ich überrascht.

»Na, weil ich bei der Arbeit im Stall nicht immer Handschuhe tragen will. Da blättert der Lack ganz schnell wieder ab.«

»Ach so, dafür habe ich hier einen Überlack!«, rufe ich triumphierend und zaubere ein Fläschchen mit Klarlack hervor. Laura schaut skeptisch, aber will es wenigstens mal versuchen. Ich lege vorher noch mein Freundschaftsarmband ab, damit die kleinen Anhänger nicht versehentlich den Nagellack streifen. Das wäre schade um den Lack und um das Armband.

»Vermisst du deine Melek?«, fragt Laura, während sie sich ihre Fingernägel grün lackiert.

»Klar, wir können zwar Snaps schicken und telefonieren, aber es ist nicht das Gleiche, wie nebeneinander zu wohnen. Wir können keine Klamotten mehr tauschen und nicht mehr zusammen auf Konzerte gehen. Aber wir haben ja noch unsere gemeinsamen Accounts auf Instagram und TikTok«, sage ich und verteile den roten Lack auf meinem Daumennagel.

»Worüber postet ihr denn so?«, fragt Laura.

»Über Mode und Beauty und Lifestyle und so.«

»Willst du mal Model werden?« Sie schiebt ihre Brille nach oben.

»Ach, ich weiß nicht. Ich interessiere mich zwar schon für Mode, aber Sport ist nicht so mein Ding. Psychologin wäre toll, weil ich da Menschen helfen kann. Mama liebt ihren Beruf. Oder ich mache was mit Technik wie mein Papa. Er ist Ingenieur. Ich weiß noch nicht so genau. Weißt du schon, was du machen willst?«

»Ich will den Hof von meiner Mama übernehmen und weiter mit Pferden arbeiten. Davon wird man nicht reich und die Arbeit ist anstrengend, aber ich kann mir nichts anderes vorstellen. Habt ihr schon viele Follower?«

»Nee, hauptsächlich unsere Schulfreundinnen«, muss ich zugeben. »Aber wir nehmen an einem Wettbewerb teil und versuchen, so viele neue Follower zu bekommen wie möglich.«

»Gibt es dabei auch was zu gewinnen?«

»Ja, der Hauptpreis ist eine professionelle Foto-Ausrüstung und 2500 Euro Preisgeld!«

Da klingelt auf einmal mein Handy. »Das ist ein Videocall von Melek«, sage ich entschuldigend und stelle den Klingelton auf stumm.

»Warum gehst du nicht ran?«, fragt Laura.

»Das wäre doch unhöflich, oder?«

»Nö, wieso? Ich würde mich freuen, sie kennenzulernen!«

Ich hebe schnell ab und setze mich neben Laura, damit Melek uns beide sehen kann.

»Hi Melek! Ich bin gerade bei Laura und hab ihr von unseren Postings erzählt!«, begrüße ich sie.

»Hi Melek! Freut mich, dich kennenzulernen«, ruft Laura und winkt in die Kamera. Melek ist wie immer perfekt gestylt. Sie trägt ihr langes, schwarzes Haar offen und hat mit einem Glätteisen die Locken rausgezogen. Ihr marineblauer Pulli hat einen weiten U-Boot-Ausschnitt und lässt eine Schulter frei. Manchmal bin ich ein wenig neidisch, wie sie es schafft, so lässig auszusehen.

»Hi Laura! Freut mich ebenfalls. Hab schon viel von dir und deinen Pferden gehört! Cooler Schlafanzug übrigens! Mein Posting war nicht so der Hammer. Die Freundschaftsbänder von meiner Tante haben nur elf Likes bekommen. So gewinnen wir nie!«

Melek knabbert an ihrem langen künstlichen Daumennagel. Das macht sie immer, wenn sie frustriert ist.

»Ich weiß nicht, was wir falsch machen. Mein Nagellack-Foto sah fast genauso aus wie das von Paula Gold, die Armbänder deiner Tante sind echt stylish und du hast sie in deiner Fotobox super ausgeleuchtet und schön arrangiert«, sage ich, ziehe eine meiner Locken glatt und lasse sie dann wieder zurückspringen.

»Gibt's denn bei euch irgendwas Neues? Du wolltest mir noch eine Sprachnachricht schicken, das hast du aber wohl vergessen«, sagt Melek mit gespielter Empörung.

»Oh, entschuldige. Aber du wirst nicht glauben, was heute noch alles passiert ist!«

Wir erzählen ihr von dem Diebstahl der Weihnachtsbäume, der Stinkebrühe, unserem falschen Verdacht auf dem Weihnachtsmarkt und unserer geplanten Geheimmission.

»Boah, super, das musst du posten!«, ruft sie begeistert.

»Meinst du? Das hat doch nichts mit Mode zu tun«, werfe ich ein.

»Mode muss ja nicht unbedingt das Hauptthema sein, das machen schon so viele andere«, erwidert Melek. »Die Story ist doch superspannend: Junge Detektivinnen ermitteln zu Pferd gegen einen Weihnachtsbaumdieb. Das hat sonst keiner, und wenn du magst, kannst du dabei auch noch stylisch aussehen!«

So hatte ich das noch gar nicht betrachtet. Wir bequatschen unser neues Konzept und entwerfen die ersten Postings. Zum Glück habe ich immer nebenbei Fotos geschossen, die wir jetzt dafür verwenden können. Melek bedauert es sehr, dass sie heute Nacht nicht mitkommen kann, um die Bäume zu markieren. Aber natürlich werden wir alles festhalten. In einer gut ausgeleuchteten Ecke machen wir schon mal ein Foto von unserer Ausrüstung. Vorsichtshalber habe ich auch Plastikbeutel eingepackt, um weitere Beweise sichern zu können.

Punkt zehn Uhr kommt Lauras Mama rein und wünscht uns eine gute Nacht. Kaum ist das Licht im Flur erloschen, schlüpfen wir in unsere Wintersachen.

»Pass auf, die dritte Stufe der Treppe knarrt. Tritt da bloß nicht drauf!«, ermahnt mich Laura. Ich nicke verschwörerisch. Wir öffnen die Zimmertür leise und spähen ins Dunkel. Alles ruhig. Wir schleichen über den Flur, der mit dicken Teppichen ausgelegt ist und unsere Schritte dämpft. Auf der Treppe beobachte ich, wie sich Laura ans Geländer klammert und sich vorsichtig und langsam zur vierten Stufe hangelt, ohne die knarzende Stufe zu berühren. Ich mache es ihr genauso nach und wir erreichen unentdeckt das Erdgeschoss.

Aus dem Wohnzimmer sind Stimmen zu hören. Oma Helga sitzt noch vor dem Fernseher! So ein Mist! Laura legt den Zeigefinger auf die Lippen und schleicht auf Zehenspitzen weiter. Ich traue mich kaum zu atmen und fürchte, dass mein lautes Herzklopfen uns verrät. Ein Schatten zischt an mir vorbei und ich kann mir ein leises Fiepen nicht verkneifen.

»Mensch, Möhre, jetzt hättest du uns beinah verraten«, schimpft Laura leise.

Doch Oma Helga rührt sich nicht. Es bleibt still im Haus. Laura nimmt behutsam ihren Schlüssel vom Schlüsselbrett und schließt die Haustür mit einem leisen Klicken auf. Erleichtert sauge ich die eisige Nachtluft ein, als wir vor der Tür stehen.

Mit jedem Schritt, den wir uns vom Hof entfernen, wird der Weg dunkler. Ich kann trotz Handylampe kaum noch sehen, wo ich hintrete.

Plötzlich raschelt etwas neben mir und ich zucke vor Schreck zusammen. Laura kichert leise.

»Keine Angst, der Hoolgaascht tut niemandem was.«

»Wer? Was für ein Gast?«

Laura leuchtet sich mit ihrem Handy von unten ins Gesicht und flüstert mit düsterer Stimme: »Der Haalgeist. Man erzählt sich, dass er unten in der Stadt umgeht und die Salzsieder vor Feuer und Hochwasser warnt. Er ist ein freundlicher Geist, aber angeblich erschreckt er gerne junge Frauen, die verbotenerweise nachts alleine unterwegs sind. Du solltest ihn auf keinen Fall ärgern, sonst erscheint er dir als zotteliges Kalb mit feurigen Augen und schmeißt dich von der Henkersbrücke in den Kocher!«

Ich bekomme Gänsehaut.

»Im Ernst? Hast Du ihn schon mal gesehen?«, frage ich heiser.

»Quatsch, das ist doch nur ein Schauermärchen! Außerdem kommt er nicht bis nach hier oben in Gottwollshausen.« Laura kichert.

Ich finde das überhaupt nicht witzig. Nicht, dass ich an Geister glauben würde, aber ganz geheuer ist mir die Geschichte trotzdem nicht. Wir stapfen durch den tiefer werdenden Schnee. Dabei werfe ich immer wieder einen Blick nach hinten. Obwohl es nicht sehr weit bis zu den Weihnachtsbäumen ist, bin ich am Rücken klatschnass geschwitzt, als wir ankommen.

»Welche Bäume gehören euch denn?«, frage ich.

Welche nicht mehr ihnen gehören, sieht man leider sofort. Es klafft eine große Lücke zwischen den ordentlich gesetzten Reihen. Zweige und Sägespäne verdunkeln den Schnee. Der Stofffetzen hängt immer noch am Zaun. Unfassbar, dass die Polizei das Beweisstück nicht gesichert hat. Anscheinend hat die Polizei Wichtigeres zu tun, als Weihnachtsbaumdiebe zu fangen. Das finde ich ziemlich frustrierend. Ich hole einen von den Plastikbeuteln raus, die ich extra mitgenommen habe, packe den Fetzen vorsichtig hinein und verstaue ihn sorgfältig. Wenn die Polizei sich nicht kümmert, müssen wir den Dieb eben überführen!

»Alles innerhalb des Zauns gehört uns«, sagt Laura.

»Am besten teilen wir uns auf, ich beginne hier und du auf der anderen Seite und dann treffen wir uns in der Mitte«, schlage ich vor.

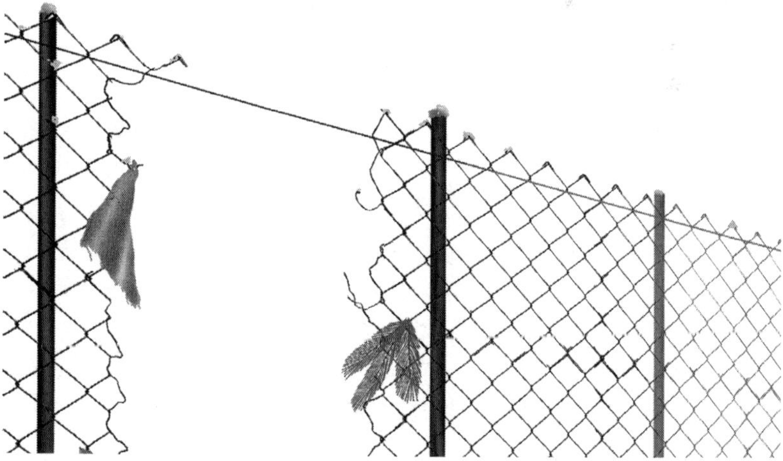

»Abgemacht!« Laura öffnet das Tor und verschwindet in der Dunkelheit. Mit einem flauen Gefühl im Magen schüttele ich die Spraydose und schreite die Baumreihen ab. Hoffentlich tauchen weder der Dieb noch dieser Hoolgaascht auf. Von wegen, er ist ein netter Geist. Nette Geister sollten grundsätzlich keine Frauen erschrecken, finde ich. Was geht ihn das an, wenn ich nachts rausgehe? Mir ist mulmig, aber das Klappern der Metallkugel in der Spraydose wirkt irgendwie beruhigend und ich versuche, mich auf meine Aufgabe zu konzentrieren. So arbeite ich eine Weile vor mich hin und vergesse alles andere um mich herum. Plötzlich knackt es laut neben mir. Ich lasse die Spraydose fallen und kann nur mit Mühe einen panischen Schrei unterdrücken.

»Ich bin's nur!«, flüstert Laura beruhigend.

»Uff, dann sind wir fertig?«, frage ich zähneklappernd.

»Sorry, ich wollte dich nicht so erschrecken.«

»Quatsch. Ich zittere nur vor Kälte!«, behaupte ich, was auch stimmt, aber eben nur die halbe Wahrheit ist.

»Ja, lass uns nach Hause gehen.« Laura gähnt ausgiebig.

»Nur noch schnell ein Selfie für Insta und ein kurzes TikTok!«, bitte ich Laura, obwohl es mich immer noch gruselt und ich eigentlich auch so schnell wie möglich wieder wegwill. Aber so ein Beitrag live vom Ort des Geschehens ist halt viel spannender für die Follower als eine Nacherzählung vom gemütlichen Sofa aus.

Der Rückweg geht viel schneller als der Hinweg, weil wir uns nicht erneut durch den tiefen Schnee kämpfen müssen, und ich bin heilfroh, als wir wieder in Lauras Zimmer sind.

Obwohl mein Schlafsack warm und kuschelig ist und mein Körper sich ganz schwer anfühlt, kann ich einfach nicht einschlafen. Zu viele Gedanken kreisen in meinem Kopf. Laura hat ihre Brille schon abgenommen und der Pferdefigur auf ihrem Nachttisch auf die Nase gesetzt. Das Pferd sieht mit der überdimensionierten Brille total witzig aus.

»Bist du noch wach?«, flüstere ich.

»Ja, kannst du auch nicht schlafen?«, fragt Laura.

»Mmh, ich muss die ganze Zeit an Figaro denken.«

»Ich auch«, seufzt Laura.

»Ich habe beschlossen, dass ich ihn ganz oben auf meinen Wunschzettel setze.«

»Meinst du, dass deine Eltern ihn dir schenken?«

»Nee, nicht wirklich. Aber man kann's ja mal versuchen. Vielleicht können wir uns etwas einfallen lassen, wie wir das Geld zusammen bekommen«, schlage ich vor.

»Und wie stellst du dir das vor?«

»Wir bräuchten nur ein witziges oder niedliches Video, das viral geht!«

»Hast du eine witzige oder niedliche Idee?«

»Nee, grad nicht«, muss ich zugeben. »Mir fällt bestimmt noch was ein.«

»Wie wäre es, wenn wir gebastelte Weihnachtssachen verkaufen wie auf dem Weihnachtsmarkt?«

»Etwas zu verkaufen, ist eine tolle Idee. Aber das Basteln dauert bestimmt mega lange. Wir bräuchten etwas, das man schnell in einer größeren Menge herstellen kann.«

»Wie wäre es mit Salz?«

»Salz gibt es doch in jedem Supermarkt. Warum sollten die Leute das von uns kaufen?«

»Wir verkaufen natürlich nicht einfach nur Salz, sondern selbstgemachtes Chili-Salz und Kräutersalzmischungen. Wir haben noch jede Menge getrocknete Chilis und Kräuter aus unserem Garten und leere Gläschen im Keller.«

»Das ist eine fantastische Idee. Ich hab noch ein paar alte rote und grüne Schals, die mir nicht mehr gefallen. Den Stoff können wir benutzen, um den Deckel der Gläser hübsch einzupacken. Aber wo bekommen wir morgen das Salz her? Sonntags haben die Geschäfte zu.«

»Oma schwört auf Salz für die Hautpflege. Sie macht ihr eigenes Badesalz und sogar Salzseife und verschenkt davon auch jede Menge an ihren großen Freundeskreis. Glaub mir, wir haben genug Salz da. Aber wir sollten ihr besser gleich auf Amazon Ersatz bestellen.« Laura greift zu ihrem Handy und wirft einen 25 kg Sack Meersalz in den Warenkorb.

»Du hast ein eigenes Amazon-Konto?«, frage ich erstaunt.

»Ja, du nicht?«

»Ne, ich muss immer meine Eltern bitten, mir die Sachen über ihr Konto zu bestellen. Ich gebe dir natürlich die Hälfte dazu. Was hat es denn gekostet?«

»Schon gut, wir werden das Geld morgen beim Verkauf sicher wieder reinholen. Ich bin froh, dass du jetzt hier wohnst!«, sagt Laura.

»Ja, sonst hätte ich dich nie getroffen!«, stimme ich ihr zu.

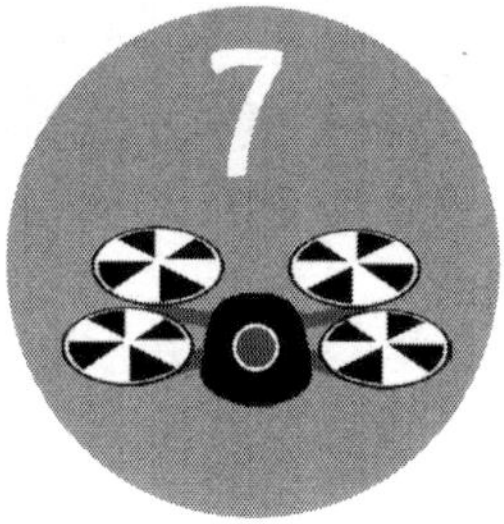

Kleider, Salz und Trampele

Obwohl wir mit dem ersten Hahnenschrei aufstehen, um unseren Plan gleich in die Tat umzusetzen, hören wir Oma Helga in der Küche mit dem Geschirr klappern.

Laura steckt ihren Kopf durch die Tür und ruft gut gelaunt: »Guten Morgen, Oma!«

Auf dem Adventskranz brennen bereits drei dicke rote Kerzen. Oma Helga trägt eine hautenge Laufhose, eine neongrüne Jacke und hat eine Lampe auf der Stirn.

»Na, was ist denn nun los? Ihr seid wohl aus dem Bett gefallen?«, fragt sie und zwinkert uns zu.

Im Ofen flackert ein Feuer und verbreitet eine mollige Wärme.

»Wir wollen Kräutersalz herstellen!«, antworte ich.

»So? Sehr fleißig! Ich wollte aber gerade los, eine Runde joggen«, sagt Oma Helga zögerlich.

»Kein Problem, Oma! Geh nur. Wir können uns selbst Frühstück machen«, sagt Laura und drückt ihr einen Kuss auf die Wange.

Weil Lauras Mutter noch schläft, bleiben wir in Oma Helgas Küche und gönnen uns heißen Kakao und Plätzchen. Da blinkt mein Handy.

Hey ihr Süßen! Wie ist es letzte Nacht gelaufen? Konnte kaum schlafen. Voll aufregend.

Ich schicke ihr die Fotos und gemeinsam mit Laura überlegen wir uns noch einen passenden Text dazu.

Nice! 😁 Lass uns das sofort posten und haltet mich auf dem Laufenden!

Versprochen! ♡

»Lass uns erst mal die Sachen aus dem Keller holen. Deine Schals holen wir nachher, wenn es draußen hell ist«, schlägt Laura vor und holt eine große leere Tupperdose aus dem Schrank.

Ich finde, das ist eine gute Idee. Zumindest bis sie die Kellertür öffnet. Es weht mir ein muffiger, kalter Geruch wie aus einer Gruft entgegen. Laura knipst das Licht an. Von der Decke baumelt eine nackte Glühbirne und erhellt die erdigen Wände. Überall hängen Spinnweben. Mir läuft ein kalter Schauer über den Rücken und ich bekomme Gänsehaut.

»Wo bleibst du denn?« Laura ist schon vorgelaufen. »Hast Du etwa Angst?«

»Nein, nein. Natürlich nicht«, murmele ich und folge ihr.

Die Stufen der Treppe sind schmal, steil und uneben. Ich muss mich gut am Geländer festhalten, um nicht nach unten zu segeln. Am Ende befindet sich ein langer Flur, von dem viele niedrige Türen in die Nebenräume führen. Zum Glück befindet sich die Kiste gleich im ersten Raum. Ich hab wirklich keine Lust, das Grusellabyrinth zu erkunden.

»Hier, nimm du Dosen mit den Kräutern. Ich fülle das Salz um. Der Sack ist viel zu schwer, um ihn auf einmal hochzutragen«, weist Laura mich an.

Ich nehme ihr hübsch beschrifteten Vorratsdosen ab und flitze die Treppe hoch zurück in die Küche. Laura folgt kurz darauf mit einem breiten Grinsen im Gesicht. Aber sie sagt nichts zu meinem schnellen Abgang, was ich ihr hoch anrechne.

Wir fangen gerade an, die Kräuter zu mischen, da kommt mir eine Idee.

»Lass uns ein DIY-Video dazu drehen!«, schlage ich vor.

»DI-Was?« Laura zieht die Augenbrauen hoch.

»Do-It-Yourself, ein Video in dem wir zeigen, wie man selber Kräutersalz mischt. Das könnte ich auf TikTok posten und auf Instagram teilen.«

»Och, ich weiß nicht. Sollten wir uns dann vorher nicht umziehen und schick machen, oder so?«

Das ist ein guter Einwand. Das wäre aber ein übertriebener Aufwand für ein kurzes TikTok. Obwohl ... Paula Gold sieht auf ihren Fotos selbst morgens nach dem Aufwachen angeblich immer perfekt geschminkt und gestylt aus.

Aber da fällt mir was ein: »Wir filmen einfach nur unsere Hände in Nahaufnahme, so erkennt man auch besser, was wir machen! Unser weihnachtliches Nageldesign kommt dann auch richtig gut zur Geltung!«

Wir machen zwei Videos, einmal filme ich Laura beim Chilis mahlen und dann filmt sie mich beim Kräutersalz mischen. Dabei fällt mir auf, wie praktisch eine Halterung für das Handy wäre. Das muss ich unbedingt noch auf meinen Wunschzettel setzen. Vielleicht bekomme ich das ja zu meinem 14. Geburtstag an Silvester.

Während wir die Videos schneiden, schaue ich aus Neugierde nach, ob schon jemand unseren letzten Beitrag geliked hat. Tatsächlich haben wir schon zwanzig Likes, obwohl es noch so früh am Morgen ist. Eine @klara.bernstein hat kommentiert: *Finde es toll, dass ihr euch für Figaro einsetzt. Hoffentlich könnt ihr die Diebe überführen.* @jan_locke schreibt: *Coole Idee! Echt mutig von euch!*

Jemand hat den Beitrag sogar geteilt! Irgendein @john_superman schreibt aber: *Überlasst das den Erwachsenen. Ihr seid voll lächerlich!*

»Boah, wie gemein!«, rufe ich und zeige Laura den Kommentar.

Die runzelt kurz die Stirn, wirft dann aber schwungvoll ihren Zopf nach hinten und strafft die Schultern: »Pff, so ein armseliger Troll. Der traut sich ja nicht mal unter seinem echten Namen zu schreiben, da geb ich nix drauf. Weißt ja: Ned ämol ignoriere!«

Ich bewundere Laura für ihr Selbstbewusstsein und ihre Gelassenheit. Vermutlich hat sie recht, aber ein wenig wurmt mich der fiese Kommentar trotzdem. Jetzt bin ich aber umso entschlossener und arbeite mit doppelter Geschwindigkeit.

Als Oma Helga zurückkommt, haben wir schon einige Gläschen befüllt.

»Wo habt ihr denn das ganze Salz und die Gläschen her?«, fragt sie mit hochgezogener Augenbraue.

»Wir haben schon neues Salz auf Amazon bestellt und Gläser haben wir doch wirklich mehr als genug, um ein paar davon zu verkaufen«, beschwichtigt Laura sie.

»Warum wollt ihr das Kräutersalz denn verkaufen?« Oma Helga klingt überrascht.

»Weil ich Geld brauche, um Figaro zu kaufen!«, antworte ich bestimmt.

»Da habt ihr euch ja was vorgenommen!« Oma Helga lächelt .

»Wir werden die Gläser auch noch besonders schön verpacken«, erklärt Laura.

»Na, wenn das so ist. Vielleicht kann ich euch nachher auch noch etwas helfen! Jetzt muss ich aber unter die Dusche«, sagt Oma Helga und verschwindet im Bad.

Während wir still weiterwerkeln, kommt mir plötzlich ein Gedanke: »Wenn die Diebe die Bäume stehlen, können wir sie nur überführen, wenn wir die Bäume wiederfinden.«

»Daran habe ich auch schon gedacht. Der Täter wird kaum so doof sein und die Bäume in Gottwollshausen verkaufen.«

»Wir sollten den Täter verfolgen!«

»Das ist doch viel zu gefährlich!«

»Wir müssen ihn ja nicht persönlich verfolgen«, flüstere ich verschwörerisch.

»Sondern?«

»Mit einer Drohne!«

»Und wo bekommen wir die her?«

»Ich hab eine!«, rufe ich triumphierend. »Früher hab ich sie benutzt, um mit Melek Nagellack, Schmuck oder andere Kleinigkeiten zu tauschen. Vor allem, wenn wir spät abends nicht mehr raus durften oder es morgens eilig hatten. Wenn wir die Schals bei mir holen, können wir sie gleich mitnehmen.«

»Dann los!«

Wir packen uns warm ein und marschieren los. Obwohl ich meinen Schlauchschal bis über die Nase gezogen habe, sticht die kalte Luft in meiner Lunge. Mir kommt der Winter hier viel strenger und eindrucksvoller vor als in der Großstadt. Dicke Schneeflocken tänzeln durch die Luft und aus den Schornsteinen der Häuser kräuselt sich der Rauch. Zum Glück ist es nicht weit, trotzdem brauche ich zwei Versuche, um den Schlüssel ins Schlüsselloch zu bekommen.

»Hallihallo, jemand zu Hause?«, rufe ich, als ich die Tür öffne. Lauras Brille beschlägt beim Eintreten sofort, aber sie wischt die Gläser einfach mit ihrem Schal trocken.

»Hallihallo Foxy! Ist was passiert? Du stehst doch sonst nie freiwillig so früh auf. Bist du aus dem Bett gefallen?«, ruft mein Papa aus der Küche. Seine Haare sind noch ganz verwuschelt und er trägt seine schwarze Schürze mit der Aufschrift »Meisterkoch«.

»Haha, sehr witzig, Papa!«, antworte ich trocken. Für einen Moment bin ich mir unsicher, ob ich erleichtert oder verärgert sein soll, dass er unserem Account nicht folgt. Sonst wüsste er, warum wir schon so früh auf sind. Anscheinend haben ihn die bisherigen Mode-Beiträge nicht besonders interessiert.

»Coole Schürze!«, ruft Laura.

»Danke!«, antwortet Papa und klopft grinsend auf seinen Bauch. »Soll ich euch Frühstück machen?«

»Danke, aber wir haben schon gefrühstückt. Ich muss auch nur kurz was holen«, rufe ich und stürme mit Laura die Treppe hoch. Meine alten Schals habe ich schnell in der Box im Kleiderschrank gefunden. Aber wo steckt nur meine Drohne?

Gemeinsam mit Laura schaue ich in allen Kartons und Schubladen im Zimmer nach. Mir war gar nicht bewusst, wie viel Kram ich hab. Aber die Drohne ist wie vom Erdboden verschluckt.

»Paaapaaaaa?!«, brülle ich die Treppe runter. »Weißt du wo die Drohne ist?«

»Bestimmt in der Werkstatt bei den anderen Techniksachen. Was hast du denn damit vor, Räubertochter?«

»Ich wollte sie nur mal mit Laura 'ne Runde fliegen lassen. Sie hat das noch nie gemacht.«

Ich flunkere meinen Papa nicht gerne an, aber ich muss es ihm ja auch nicht auf die Nase binden, dass wir eine Mission haben. Selbst schuld, wenn er mir weder auf Insta noch auf TikTok folgt. Er ist bloß auf Facebook. Als ob ich da was posten würde. Da speichere ich höchstens Spielstände.

»Na schön, aber denk dran: nicht über Autos oder Dächer fliegen lassen, nur auf freiem Feld und ...«

»... nimm Rücksicht auf andere«, beende ich seine Standardpredigt und verschwinde mit Laura in der Garage.

»Hilf mir bitte mal, die Kartons hier zu durchsuchen! Die Drohne muss in einem Karton mit der Aufschrift Technik sein.«

»Hier steht überall Technik drauf!«, stellt Laura fest.

»Deswegen musst du mir ja helfen«, antworte ich und wir müssen kichern.

Natürlich ist die Drohne im letzten Karton, aber wenigstens ist das Zubehör dabei und vollständig! Ich stelle die Drohne auf den Boden und lasse sie ein wenig schweben. »Voll cool! Wie weit kann die denn fliegen?«, fragt Laura.

»Auf der Packung steht bis zu drei Kilometer!«

»Und was, wenn die Diebe weiterfahren als drei Kilometer?«, fragt Laura.

Daran hatte ich nicht gedacht. Grübelnd wickle ich eine Locke um meinen Finger.

»Ich hab's!«, rufe ich und krame in einem der Kartons. Stolz ziehe ich Papas altes Smartphone hervor.

Laura zieht die Augenbrauen hoch und schaut mich fragend an.

»Da ist ein GPS-Tracker drin verbaut! Wir müssen nur das Smartphone am Fahrzeug anbringen, dann können wir die Diebe überallhin verfolgen!«

»Du willst es mit der Drohne abwerfen?« Laura streicht über ihren Zopf.

»Ja klar, das Display hat eh schon einen Sprung.« Ich zucke mit den Schultern.

Im Flur entdecke ich die neuen Bewegungsmelder, die Papa für das Haus bestellt hat. Hoffentlich fällt es ihm nicht gleich auf, wenn ich mir einen ausleihe.

Als wir fertig sind, gehen wir voll bepackt zurück zum Gockelhof und installieren unsere Alarmanlage. Zuerst müssen wir nochmal raus zu den Weihnachtsbäumen, um den Sensor zu verstecken. Es hat in der Nacht so kräftig geschneit, dass unsere Fußspuren fast schon wieder verschwunden sind. Laura befestigt den Sensor mit Kabelbinder an einem Baum und ich kopple den Bewegungsmelder mit meinem Handy, damit es Alarm schlägt, sobald sich etwas den Weihnachtsbäumen nähert. Wir machen auch einen Test, indem ich mich einige Meter entferne und Laura dann den Bewegungsmelder auslöst. Funktioniert prima!

Wir gehen zurück zum Hof und in Lauras Zimmer versorgen wir die Drohne und die Fernbedienung sicherheitshalber mit frischen Batterien und stellen sie ans Fenster. Jetzt kann der Dieb kommen!

Ich bin froh, dass wir danach in der gemütlichen Küche von Oma Helga die Gläser beschriften.

»Chili-Salz klingt irgendwie langweilig«, überlege ich laut.

»Was schlägst du denn stattdessen vor?«, fragt Laura.

»Wie wäre es mit sowas wie: Drachenfeuer?«

»Drachenfeuer klingt cool. Aber wie wäre es mit Solenfeuer?«

»Sohlenfeuer? Ich glaube nicht, dass brennende Füße sich gut verkaufen.« Ich runzle skeptisch die Stirn.

»Nein, nein. Sole nennt man das salzige Wasser, aus dem man das Salz auskocht. Das würde doch echt prima passen.«

»Man gewinnt Salz, indem man es aus Salzwasser auskocht?«

»Ja, es gibt auch Steinsalz, das unter der Erde liegt, aber die Salzsieder hier in Hall haben früher Solewasser aus den Brunnen geholt und ausgekocht.«

Der Kachelofen verbreitet eine intensive Wärme, die bis ins Innerste dringt. Wir schneiden die Schals in kleine Quadrate und befestigen den Stoff mit einem Gummi am Deckel. Doch der Stoff reicht gerade mal für zehn Gläser.

»Hast du vielleicht noch alte Sachen, die wir zerschneiden können?«, erkundige ich mich.

»Keine Ahnung, lass uns in den Schrank gucken.«

Lauras Kleiderschrank ist im Vergleich zu meinem recht übersichtlich. Sie besitzt hauptsächlich praktische Klamotten: Jeans, Shirts, Pullis und Reiterklamotten. Da fällt mir ein rotes Kleid ins Auge, das so gar nicht zum Rest passt.

»Ziehst du das an?«, frage ich mit hochgezogenen Augenbrauen.

»Hey, das ist meine Siederstracht! Natürlich ziehe ich die an!«, ruft Laura empört.

»Entschuldige, das sieht nur so aus wie ein Kleid auf den schwarz-weiß Fotos meiner Uroma«, sage ich, um sie ein wenig zu ärgern.

»Das könnte durchaus sein, wenn deine Uroma eine Salzsiederin war«, kontert Laura. »Schon meine Ururgroßmutter war ein Trampele. So weit ich weiß, hat sich die Tracht seither nicht groß verändert.«

»Was ist ein Trampele?«

»So nennt man die Tänzerinnen des Siederhofs, weil die Mädels dabei mit den Füßen stampfen. Zu Pfingsten führt der große Siedershof einen Fackeltanz auf dem Marktplatz auf. Da musst du nächstes Mal unbedingt dabei sein!«

»Klar, da bin ich aber gespannt! Trägst du dann die Tracht?«, frage ich.

»Selbstverständlich, das ist eine große Ehre! Ich bin schon seit ich denken kann beim kleinen Siedershof dabei.« Lauras Wangen leuchten rot. »Beim großen Siedershof darf man aber erst mit sechzehn Jahren mitmachen.«

»Wie gemein«, finde ich.

»Naja, ist vernünftiger so. Man muss dabei schon aufmerksam sein, damit es keine versengten Haare gibt oder Schlimmeres. 1728 ist ein Großteil der heutigen Altstadt einem Feuer zum Opfer gefallen. Das war wirklich schlimm und ist immer noch ein großes Thema in Hall. Diesen Teil der Geschichte wollen wir lieber nicht wiederholen. Das Coolste ist sowieso unser Lagerplatz auf dem Unterwöhrd. Da gibt es Lagerfeuer mit Grillwürstchen, Zelte und Kanonenschläge!«

»Kanonenschläge? Meinst du diese roten Chinaböller?«, hake ich nach.

»Nein, nein. Es werden richtige Kanonen abgefeuert. Natürlich ohne Kanonenkugel. Aber das rummst ordentlich!«

Laura grinst über das ganze Gesicht und ihre Augen leuchten, während sie davon erzählt. Jetzt sehe ich das rote Kleid mit der weißen Schürze in einem ganz anderen Licht. Der Kopfschmuck sieht fast aus wie eine kleine Krone. Ob ich wohl auch so eine Tracht haben darf?

»Wo hast du das Kleid gekauft?«, frage ich deshalb.

»Das kann man nicht im Laden kaufen, das wurde extra von einer Schneiderin für mich maßgefertigt«, sagt Laura stolz.

»Boah, cool! Für mich wurde noch nie etwas maßgefertigt«, muss ich neidvoll zugeben. Ganz hinten im Schrank finden wir dann noch einen alten grünen Kopfkissenbezug, den wir verarbeiten können. Ich bin gerade dabei, den letzten Faden abzuschneiden, als mein Handy klingelt.

»Hi, Melek, ich bin gerade bei Laura. Ich stell dich mal auf Lautsprecher. Was gibt's?«

»Hi, ihr Süßen! Das fragst du noch?! Schau mal auf unsere Likes! Die schießen durch die Decke!«

Ich öffne sofort die App. Und tatsächlich sind aus den 20 Likes von heute Morgen auf Insta schon über 100 geworden! Und auf TikTok sogar noch mehr!

»Wow! Da müssen wir unbedingt dranbleiben! Wir haben ein tolles Video gedreht, wie wir das Kräutersalz herstellen. Aber wir hatten noch keine Zeit, es zu schneiden und Musik drunterzulegen.«

»Kein Problem, schick es mir einfach rüber, ich mach das.«

»Das wäre super, danke!«, ruft Laura.

»Außerdem haben wir heute noch einen Bewegungsmelder im Weihnachtsbaumwald installiert. Dazu können wir gleich auch noch was erzählen und ein paar Bilder hochladen!«

»Das klingt klasse. Ich bin immer noch total geflasht, dass unser neues Konzept so gut ankommt. Haltet mich auf dem Laufenden!«

»Machen wir, Melek! Bis bald!«

Neugierig scrolle ich mit Laura durch die Kommentare. Außer diesem Möchtegern-Superman hat niemand mehr etwas Doofes geschrieben.

Laura und ich geben uns extra viel Mühe mit dem nächsten Posting und machen bei Tageslicht noch ein Video von der schwebenden Drohne. Leider kann ich heute nicht bei Laura übernachten, weil morgen Schule ist. Voll unnötig, dass ich so kurz vor den Weihnachtsferien in die neue Klasse muss. Da findet doch eh kein richtiger Unterricht mehr statt.

8

Ein genialer Plan

Es fühlt sich an wie mitten in der Nacht, als mein Wecker am nächsten Morgen klingelt. Viertel vor sieben muss ich an der Bushaltestelle sein! Das ist doch unmenschlich! In Stuttgart hat es gereicht, wenn ich um Viertel vor acht aufs Rad gestiegen bin, weil die Schule nur wenige hundert Meter entfernt lag.

»Aufstehen, Räubertochter, Frühstück ist fertig!«, ruft mein Vater und schaltet unbarmherzig das Licht an. Die grelle Lampe brennt in meinen Augen.

»Wuäh! Noch fünf Minuten, ich weiß noch nicht, was ich anziehen soll«, murre ich und ziehe mir die Decke über den Kopf. Der erste Tag an meiner neuen Schule. Natürlich weiß ich schon seit zwei Wochen, was ich anziehe. Aber so kann ich noch ein wenig dösen, bevor ich mich ins Bad quäle. Mein neuer, weißer Strickpulli passt super zu den frisch lackierten Fingernägeln. Dazu kombiniere ich meine Lieblingsohrringe: eine hängende Perle in Tropfenform mit einem funkelnden Strassstein am Stecker. Ich mache direkt ein Selfie für Melek.

Im Badezimmerlicht sehe ich noch blasser aus als sonst, aber da wir endlich wieder Internet haben, kann ich ihr den Snap wenigstens gleich schicken. Die Nachricht kommt aber nicht bei ihr an, weil sie ihr W-LAN ausstellt, wenn sie schläft. Ich muss kräftig gähnen, was würde ich drum geben, wenn ich jetzt auch noch ein wenig im Bett liegen bleiben könnte. Doch stattdessen gönne ich mir ausnahmsweise einen Hauch von Mamas superteurem Parfüm.

Ich gehe gerade die Treppe runter, da kommt Mama mit roten Wangen und einer leuchtenden Nase zur Tür herein. Der Wind weht tatsächlich dicke Flocken ins Haus. Es schüttelt mich vor Kälte.

»Puh, gerade fertig mit Schnee schippen und schon schneit es wieder zu! Haben wir Streugranulat?«, ruft Mama in die Küche.

»Nein, das haben wir bisher nicht gebraucht. Kommt und esst erst mal, ich hab Rührei gemacht«, antwortet Papa.

»Rieche ich hier etwa mein Parfüm?«, fragt sie und schnuppert in meine Richtung.

Jetzt ist ein geschicktes Ablenkungsmanöver gefragt: »Boah, du hast aber viel Schnee zur Seite geschippt. So viel Schnee habe ich ja überhaupt noch nie gesehen. Dir ist bestimmt kalt. Magst du einen Kaffee?«

Mama wirft mir zwar einen durchdringenden Blick zu, lächelt dann aber, als ich ihr aus der Jacke helfe und Papa ihr einen heißen Kaffee einschenkt. Während ich lustlos in meinem Rührei rumstochere, beobachte ich den Schneefall durch das Küchenfenster. Der Weg, den Mama gerade erst frei geschaufelt hat, ist schon wieder ganz weiß.

»Kommt der Schulbus da überhaupt durch?«, frage ich hoffnungsvoll.

»Gute Frage«, antwortet Mama und zieht ihr Smartphone heraus. Sie wischt und tippt, kneift die Augen zusammen und wischt weiter. Was dauert denn da so lange? Ungeduldig wippe ich mit meinem Fuß.

»Wie es aussieht, hast du heute schneefrei«, sagt sie.

»Schneefrei? Echt, das gibt's? Cool! Ich muss heute also gar nicht mehr zur Schule?« Auf einmal bin ich hellwach.

»Wie es aussieht, fangen deine Ferien früher an, weil in der Schule die Heizung ausgefallen ist und die Reparatur ein paar Tage dauern wird.«

Mama sieht nicht gerade glücklich darüber aus, aber ich finde es einfach genial. Ob Laura die guten Nachrichten auch schon bekommen hat?

Da unterbricht Mama meine Gedanken und fragt: »Hast du dieses Jahr eigentlich keinen Wunschzettel?«

»Doch, natürlich! Ich musste nur noch was ändern!« Eigentlich standen die hellblauen, veganen Winterstiefel an erster Stelle. Ich hatte Mama gegenüber auch schon ein paar Mal erwähnt, wie toll ich diese Stiefel an Paula Gold finde, damit sie auch versteht, wie wichtig mir diese Boots sind. Aber dann hab ich Figaro auf der Liste noch darüber gesetzt und mit einem

versehen. Ich hole schnell den Wunschzettel aus meinem Zimmer und drücke ihn meiner Mutter in die Hand. Sie wirft einen kurzen Blick darauf und zieht ihre akkurat gezupften Augenbrauen hoch.

»Figaro? Das ist doch das Pferd von Laura, das können wir dir doch nicht zu Weihnachten schenken!«

»Figaro soll verkauft werden, weil sie das Geld brauchen. Aber es wäre doch wahnsinnig traurig, wenn er von Melodie, seiner Mama, getrennt werden würde, findest du nicht?« Ich setze meinen traurigsten Blick auf, um sie zu erweichen.

»Foxy, du kannst kein Pferd haben!«, sagt sie ganz ruhig, aber bestimmt. Das ist kein gutes Zeichen.

Papa verschluckt sich am Kaffee und Mama schüttelt stumm den Kopf.

»Ein Pferd ist sehr teuer und bringt große Verantwortung mit sich. Dafür bist du noch zu jung!«

»Das ist nicht wahr! Laura ist sogar ein halbes Jahr jünger als ich und hat ein eigenes Pferd!«, protestiere ich.

»Das ist was anderes. Erstens lebt sie auf einem Bauernhof und zweitens zahlt bestimmt Lauras Mutter die Rechnungen für das Futter, den Hufschmied und den Tierarzt«, belehrt mich Papa.

»Wenn ich Figaro bekomme, braucht ihr mir nie wieder ein Weihnachts- oder Geburtstagsgeschenk kaufen und ich verzichte für immer auf mein Taschengeld!«

»Nein, kommt gar nicht in die Tüte! Zur Einschulung wolltest du unbedingt einen Hamster haben und wer musste sich dann um ihn kümmern? Deine Mama und ich!«

Immer diese olle Kamellen. Da war ich noch ein kleines Kind und konnte nicht wissen, dass Hamster nur nachts aktiv sind.

»Aber das war doch was ganz anderes! Hamster schlafen den ganzen Tag! Immer wenn er endlich wach wurde, musste ich ins Bett«, verteidige ich mich. »Ich weiß alles über Pferde und bin jetzt viel reifer!«

»Schlag dir das lieber aus dem Kopf, Foxy«, sagt Mama und schüttelt den Kopf.

Diese Runde hab ich wohl verloren. Aber ich werde denen schon noch zeigen, wie verantwortungsbewusst ich bin. Ich schreibe Laura, dass ich vorbeikomme, und mache mich direkt auf den Weg zu ihr. Sie kann es bestimmt auch kaum abwarten, unseren Plan umzusetzen. Vorher muss ich mich aber noch umziehen, weil ich den Pulli von Melek nicht im Stall tragen will. Da ist mein grauer Kapuzenpulli mit den dicken Kordeln sicher die bessere Wahl. Auch meine Ohrhänger lege ich schweren Herzens wieder in die Schatulle zurück, aber unter der Kapuze sieht man sie eh nicht. Mittlerweile hat der Schneefall nachgelassen und die Sonne schimmert bereits über dem Horizont. Auf dem Weg zu Laura beobachte ich viele Nachbarn, die emsig auf den Gehwegen vor ihrem Haus den Schnee wegschippen, kehren und streuen. Auch Laura ist gemeinsam mit ihrer Mutter und ihrer Oma im Hof und räumt die Wege frei.

»Uff, so viel Schnee gab es schon seit 30 Jahren nicht mehr!«, stöhnt Oma Helga und wischt sich den Schweiß von der Stirn.

»Guten Morgen zusammen!«, rufe ich. »Das sieht anstrengend aus, kann ich euch helfen?«

»Grüß Gott, Foxy! Und wie anstrengend das ist, aber das ist gut für die Pumpe!«, ruft Oma Helga lachend und klopft sich mit der Faust auf die Brust.

»In der Scheune steht noch ein Besen.« Laura wischt sich den Schweiß von der Stirn.

»Gibt es denn keinen leichteren Weg? Man könnte einen Schneepflug nehmen«, schlage ich vor.

»Weißt du, was so ein Schneepflug kostet?« Lauras Mama lacht. »Das lohnt sich für uns nicht.«

»Wir haben noch einen alten Pferdeschneepflug aus Holz in der Scheune«, wirft Oma Helga ein.

»Ach, das alte Ding. Das ist bestimmt schon von Holzwürmern zerfressen«, antwortet Lauras Mama.

»Dürfen wir mal nachsehen und ihn ausprobieren?«, fragt Laura.

»Na, meinetwegen. Wir sind hier auch gleich fertig«, sagt Frau Degenhardt schulterzuckend.

Das große Scheunentor lässt sich nur unter Anstrengung zur Seite schieben. An den Wänden hängen Werkzeuge und Gartengeräte und alles ist mit einer dicken Staubschicht überzogen. Da spüre ich plötzlich klebrige Fäden in meinem Gesicht.

»Iiih, eine Spinne!«, quietsche ich. Ich tänzele im Kreis und versuche, die Spinne abzustreifen.

»Alles gut. Da ist keine Spinne, nur ein paar alte Spinnenweben«, versucht Laura, mich zu beruhigen, und kichert dabei. Ich finde alte Spinnweben aber nicht wirklich besser und wische mir mehrfach mit dem Ärmel übers Gesicht. Allein die Vorstellung, dass eine Spinne sich unter meine Kleidung verirren könnte, ist schon schauderhaft.

»Ich gehe besser vor. Der Pflug steht da hinten!«

Ich bin froh, dass Laura sich nichts aus Krabbelviechern macht und furchtlos voranschreitet. Ich folge ihr auf direktem Weg, um nicht noch mal in ein Spinnennetz zu laufen.

»Hier ist er!«, ruft sie, schlägt einen leeren Leinensack beiseite und zieht eine dreieckige Kiste hervor.

»Den hatte ich mir anders vorgestellt. Bist du dir sicher, dass das ein Pflug ist? Aber wenigstens ist er nicht schwer!« Gemeinsam schaffen wir den Holzkasten schnell ins Freie und betrachten ihn im Licht der Morgensonne, die manchmal kurz durch die Wolken bricht.

»Sieht okay aus. Hier und da sind ein paar Löcher vom Holzwurm, aber nicht viele. Oder was meinst du?«

»Fehlt nur das Geschirr und eine Grundreinigung!«, stelle ich mit Blick auf meine dreckigen Handschuhe fest.

Laura holt das Geschirr aus dem Stall und ich lasse mir von Oma Helga Putzutensilien und Holzpolitur geben. Ich tausche meine warmen Handschuhe gegen die neonpinken Putzhandschuhe von Oma Helga. Das sieht zwar nicht stylish aus, aber dafür bleiben meine Hände trocken und sauber.

Nachdem wir den Pflug bearbeitet haben, hat er wieder eine tiefdunkle und glänzende Farbe bekommen. Melodie lässt sich brav einspannen und Laura und ich kuscheln uns gemeinsam auf das schmale Sitzbänkchen. Melodie zieht den Pflug ruhig und gleichmäßig, als ob sie das schon immer gemacht hätte. Mir hingegen verleiht die neue Perspektive ein leicht mulmiges Gefühl. Die Hufe wirken bedrohlich groß und nah, wenn man quasi auf dem Boden hinter einem Pferd sitzt. Melodies Fell glänzt rotgolden, wenn es von den Sonnenstrahlen getroffen wird und Figaro schaut uns neugierig aus seiner Box zu. Blitzschnell haben wir den Weg von der Scheune bis vor an die Straße geräumt und es beginnt, richtig Spaß zu machen.

»Da habt ihr aber fest was g'schafft!«, ruft eine ältere Dame von gegenüber, die mir irgendwie bekannt vorkommt. »Pflügt ihr au geschwind bei mir?«

»Ja klar, Frau Büchner«, ruft Laura.

Ach natürlich, das ist die Frau, die wir auf dem Weihnachtsmarkt getroffen haben. Laura lenkt Melodie geschickt über den Gehweg vor Frau Büchners Haus.

»Dank sche. Das ging aber flott! Wollt ihr 'ne heiße Schoklad?«, fragt Frau Büchner.

»Gern geschehen. Wir haben heute noch was vor, trotzdem danke für das Angebot!«, antworte ich und Laura nickt zustimmend.

»Hier, dann nehmt des und denkt an mich, wenn's wieder so schneit!«, sagt Frau Büchner und drückt mir fünf Euro in die Hand. Ungläubig starre ich auf den Schein – so viel Geld für so wenig Arbeit!

»Danke«, sage ich perplex.

»Das wäre aber nicht nötig gewesen!«, antwortet Laura vorbildlich und schiebt ihre Brille mit dem Zeigefinger nach oben.

Wir wenden den Pflug und fahren zurück. Überall am Straßenrand liegen gelbe Säcke zur Abholung bereit. Ausgerechnet beim Schweinshaupt streifen wir einen davon und weil der nicht ordentlich zugeknotet ist, wird der Müll über die Straße geschleudert.

»Verdammt, das müssen wir schnell wegmachen«, sagt Laura.

Wir sind gerade dabei, die leeren Hundefutterdosen aufzusammeln, als uns plötzlich ein Mann von der Seite anraunzt: »Ja, ist das denn die Möglichkeit!«

Vor Schreck lasse ich die Hundefutterdose wieder fallen und erkenne dann erst, dass die scharfen Gesichtszüge des hageren Mannes nicht zum Schweinshaupt gehören. Er trägt eine graue Schiebermütze und einen dunkelgrünen Lodenmantel.

»Jetzt verteilt ihr den Müll auch schon bei anderen Leuten vor der Türe! Ist es nicht schlimm genug, dass der Gockelhof völlig verdreckt ist und zum Himmel stinkt?!«, motzt er weiter.

»Für den Gestank können wir nichts, jemand hat eine stinkende Brühe auf unserer Weide abgestellt, Herr Rössler!«, verteidigt sich Laura.

»Na klar, und der Müll hinter eurer Scheune stammt natürlich auch nicht von euch. Ich hab schon immer gewusst, dass drei Weiber keinen Hof führen können!«, schnauzt er uns an.

»Welcher Müll hinter der Scheune?«, fragt Laura, aber Herr Rössler geht einfach weiter und würdigt uns keines Blickes mehr.

»Boah, deine Nachbarn sind echt nicht nett«, flüstere ich Laura zu.

»Die meisten Nachbarn sind total nett und wirklich hilfsbereit. Herr Rössler eigentlich auch, aber er mag's halt gern sauber und ordentlich und regt sich leicht auf. Mich würde das ja auch nerven, wenn jemand einfach seinen Müll liegen lassen würde. Aber er müsste uns eigentlich besser kennen und wissen, dass das nicht unsere Art ist. Lass uns lieber gleich nachsehen, was er mit dem Müll hinter der Scheune gemeint haben könnte.«

Wir sammeln den Müll eilig ein und knoten ihn diesmal ordentlich zu. Wenigstens hat der Schweinshaupt nichts mitbekommen und wir müssen uns keine weitere Standpauke anhören. Als wir wieder auf unseren Pflug steigen können, sind wir heilfroh, dass uns eine weitere Begegnung mit Schweinshaupt erspart geblieben ist.

Zurück auf dem Gockelhof spannen wir Melodie ab und rennen im Anschluss sofort hinter die Scheune. Die Müllsäcke unter dem Vordach wurden alle aufgerissen und das leichte Plastik fliegt über die zugeschneite Wiese und verfängt sich in den Zweigen der Büsche. Gammelige Bananenschalen und benutzte Taschentücher säumen den Wegesrand. Eine eklige Spur aus Dreck befleckt die weiße Schneedecke.

»Hat Möhrchen die Säcke etwa kaputtgerissen?«, frage ich.

»Nein, ganz sicher nicht. Das ist nicht unser Müll! Wir bewahren die Müllsäcke in einem Schuppen auf. Wie kommst du darauf?«

»Hier sind überall Pfotenabdrücke!«

Laura schaut sich die Spur genauer an.

»Das ist der Abdruck von einer Hundepfote, das ist keine Katzenpfote.«

»Hier ist auch ein Fußabdruck im Schnee, der aber schon teilweise wieder zugeschneit wurde. Das Profil kann man jedenfalls nicht mehr erkennen.«

»So ein großer Abdruck stammt wahrscheinlich von einem Mann. Jedenfalls gehört er zu keinem aus unserer Familie!«

Ich zücke sofort mein Handy und mache ein paar Beweisfotos, um sie gleich auf Instagram zu posten.

Laura läuft währenddessen ins Haus und kommt mit ihrer Oma und neuen Müllsäcken zurück. Gemeinsam haben wir das Chaos schnell beseitigt, auch wenn es echt eklig ist, das vergammelte Zeug einzusammeln.

»Würde mich nicht wundern, wenn der Rössler das selbst war, damit er wieder was zu meckern hat«, grummelt Oma Helga.

»Wieso das denn?«, frage ich.

»Der hat uns auf dem Kieker, seit mein Mann vor ein paar Jahren gestorben ist. Der sucht bei jeder Gelegenheit nach einer Bestätigung für seine Vorurteile«, erklärt Oma Helga und stemmt ihre Hände in die Hüfte.

So ein Blödmann, denke ich.

Als wir kurz darauf unsere Müllsäcke in den Schuppen stellen, kommt Laura eine Idee: »Ich weiß, wo wir unser Kräutersalz am besten verkaufen können!«

»Wo denn?«, hake ich nach und stelle den letzten Müllsack in den Schuppen.

»Wir machen einen Stand im Kocherquartier! Es sind bestimmt viele Leute unterwegs, um Geschenke zu besorgen.«

»Und wie kommen wir da hin? Meinst du, deine Oma fährt uns?«

»Braucht sie nicht. Wir reiten einfach«, erklärt Laura.

Da vibriert mein Handy. Es ist eine Nachricht von Melek:

> Ultra! Wir haben doppelt so viele Likes wie beim letzten Post und ganz viele Leute haben Kommentare geschrieben. 😁🎉

Ich öffne kurz Instagram und tatsächlich. @Jule3497 schickt uns ganz viele Herzen und drückt die Daumen, dass wir Figaro behalten können. @Hirnschmalz20 fragt, ob wir noch weitere Hinweise auf den Weihnachtsbaumdieb gefunden haben. Das muss ich gleich Laura zeigen und drauf antworten! Danach holen wir das Kräutersalz aus der Küche, gehen in den Stall und satteln die Pferde. Es riecht nach frischem Stroh und Leder und im Vergleich zu draußen ist es angenehm warm im Stall. Ich ziehe gerade den Sattelgurt ein zweites Mal fest, damit der Sattel sicher nicht verrutscht.

»Hast du schonmal im Stall übernachtet?«, frage ich.

»Nö, wieso?«, fragt sie erstaunt zurück.

»Na, ich stelle mir das total schön vor: im Stroh schlafen und zum Einschlafen mit den Pferden kuscheln!«, schwärme ich.

»Ich eher nicht so. Das Gerstenstroh, mit dem wir einstreuen, pikst wie verrückt und hier laufen jede Menge Mäuse herum. Pferde schlafen außerdem viel weniger als Menschen, das wäre in jedem Fall eine kurze Nacht.«

Bei dem Gedanken an Nagetiere, die mir im Schlaf übers Gesicht laufen, schüttelt es mich. Sowas zeigen sie in den Filmen nie.

Wir verstauen die Gläser in den Satteltaschen und ich reiche Figaro mit der flachen Hand noch ein Leckerli, weil er so brav war. Er nimmt die Apfelschnitzen ganz vorsichtig mit seinen samtweichen Lippen auf und schmatzt lautstark.

»Ach Figaro! Wir finden einen Weg, damit du hierbleiben kannst. Versprochen!«, flüstere ich in sein Ohr und er nickt, als ob er mich verstanden hätte.

Dann reiten wir los. An manchen Stellen liegt der Schnee so hoch, dass er den Pferden fast bis zum Bauch reicht, aber sie lassen sich dadurch nicht aus der Ruhe bringen und stapfen einfach tapfer weiter. Wir sind schon fast an der Stelle, an der ich mit dem Fahrrad gestürzt bin und ich werde nervös. Was, wenn Figaro ausrutscht und auf mich fällt? Dann bin ich platt wie eine Flunder. Aber wenn Figaro sich verletzten würde, wäre das noch schlimmer für mich. Da biegt Laura plötzlich nach rechts ab und schlägt eine anderen, weniger steilen Weg ein. Ich atme erleichtert aus und tätschle Figaro den Hals. Hier liegt der meiste Schnee auf den Ästen, die über den Weg ragen. Hin und wieder fällt etwas davon herab und erwischt mich eiskalt im Nacken. Ich wühle unter meiner Jacke nach meiner Kapuze und ziehe sie über den Reiterhelm. Das sieht zwar bestimmt nicht sehr elegant aus, aber jetzt kann mir nichts mehr in den Kragen rieseln. Nächstes Mal werde ich einen Schlauchschal anziehen!

Der Feldweg endet an einer Hauptstraße. Wir überqueren die mehrspurige Straße an der Fußgängerampel und reiten durch schmale Gassen mit vielen kleinen Geschäften. Auf einmal habe ich das Gefühl, dass wahnsinnig viele Menschen unterwegs sind, die uns alle anstarren. Ich drücke meinen Rücken durch, streife die Kapuze herunter und versuche, wie eine lässige Reiterin zu wirken.

Wir überqueren den Fluss, der durch die Stadt fließt, diesmal nicht über die Henkersbrücke, sondern einen überdachten Steg aus Holz. Damit wir uns den Kopf nicht an den Dachbalken stoßen, müssen wir vorher von den Pferden absteigen. Die Hufe der Pferde klappern dumpf auf den Holzbrettern. Als wir wieder im Freien stehen, schaffe ich es, auch ohne Lauras Hilfe wieder aufzusitzen, und bin echt stolz auf mich. Den riesigen Parkplatz lassen wir links liegen und reiten weiter am Kocher entlang. Der Fluss plätschert trotz der Kälte weiter munter vor sich hin und ist nur im Uferbereich ein klein wenig zugefroren. Wir passieren einen Weihnachtsbaumverkaufsstand und ziehen alle Blicke auf uns. Kinder zupfen ihre Eltern an den Jacken und zeigen mit dem Finger auf uns. Ich fühle mich dabei etwas unwohl, aber Laura scheint das gar nichts auszumachen – ganz im Gegenteil.

»Super! Wenn die Kinder unsere Pferde streicheln wollen, verkaufen wir währenddessen ihren Eltern unser Salz«, sagt Laura und grinst schelmisch. Sie ist echt gerissen!

»Rund ums Kocherquartier gibt es jede Menge Geschäfte, hier werden wir viel Kundschaft haben.« Laura hält neben einem überdimensionalen Frosch, der von Sitzblöcken umrahmt wird.

Wir steigen ab und binden unsere Pferde am Laternenpfahl gegenüber fest. Laura wischt mit ihrem Ärmel den Schnee von den Füßen des Froschs und legt damit einen perfekten Verkaufstisch frei. Ich breite unsere Weihnachtsdecke darauf aus und drapiere unsere Gläser.

»Wir sind ein perfektes Team!«, rufe ich. Laura strahlt und nickt zufrieden. Wir setzen unsere Helme ab und ich kontrolliere in einer Schaufensterscheibe meine Frisur. Als Verkäuferin ist ein gepflegtes Aussehen wichtig, damit man seriös wirkt.

Unsere erste Kundin ist eine ältere Frau mit einem seidenen Kopftuch. Sie fragt: »Was wollt ihr für das Chili-Salz haben?«

Da erst fällt mir auf, dass wir noch gar nicht darüber gesprochen haben, was das Salz kosten soll.

»Wir sammeln Spenden für eine gute Sache. Unser Solenfeuer bekommen sie als Dankeschön für ihre Spende!«, sagt Laura und hält der Dame eine leere Dose unter die Nase. Ich will protestieren, halte dann aber doch den Mund. Was denkt sich Laura nur dabei?

»Solenfeuer ist wirklich ein toller Name. Ist das Salz denn aus Hall?«

»Die Chilis sind aus rein biologischem Anbau aus unserem eigenen Garten«, antwortet Laura.

»Wenn das so ist«, sagt die Frau und gibt uns fünf Euro.

»Ist das mit der guten Sache nicht geflunkert? Was, wenn sie nachgefragt hätte?«, platzt es aus mir heraus, als die Frau sich wieder entfernt hat.

»Wieso? Die Spende ist zugunsten notleidender Pferde. Melodie und Figaro würden sicher große Not leiden, wenn sie voneinander getrennt werden. Denkst du nicht?«

Doch, das finde ich auch, und wenn man das so sieht, kann ich das auch mit meinem Gewissen vereinbaren. Deshalb klappere ich mit dem Kleingeld in der Spendendose und locke damit fast alle Passanten, die in eins der umliegenden Geschäfte wollen, an unseren Stand. Ich staune, wie viele Menschen Laura hier kennt. Fast jeder grüßt sie freundlich mit Namen und erkundigt sich, wer ich bin. Einige Bekannte spenden sogar, ohne etwas dafür mitzunehmen.

»Die Menschen hier sind aber großzügig«, stelle ich fest. »Ja, die Haller halten zusammen, das hat bei den Salzsiedern Tradition. Hier kennt jeder jeden. Oma, Mama und ich engagieren uns auch regelmäßig im Verein und helfen, das Kuchen- und Brunnenfest zu Pfingsten vorzubereiten«, erklärt Laura und wirkt ein Stückchen größer.

Das finde ich stark. In Stuttgart kannte ich außer Melek und ihrer Familie keinen von unseren Nachbarn.

Frau Büchner greift gerade nach dem Chili-Salz, da kommt der Weihnachtsbaumverkäufer von dem anderen Stand zu uns rüber.

»Wissen eure Eltern, was ihr hier macht?«, fragt er streng und stemmt seine Hände in die Hüfte. Mir rutscht das Herz in die Hose, aber sein Gesicht kommt mir bekannt vor.

»Hallo Bernd, aber natürlich. Wir brauchen das Geld dringend für Figaro«, antwortet Laura.

Glücklicherweise kennt Bernd meine Eltern nicht, denen habe ich von der Aktion nämlich noch nichts gesagt. Manchmal ist Anonymität eben doch ein Vorteil.

»Wieso für Figaro? Wird der denn nicht verkauft?« Er kratzt sich unter seiner Schiebermütze.

»Nicht, wenn wir es verhindern können«, sage ich entschlossen. Bernd lächelt wohlwollend. »Na dann, was kostet denn so ein Glas?«

»Du kannst so viel spenden, wie du magst! Hier, nimm gleich zwei, wir haben verschiedene Sorten: Solenfeuer mit Chili und Siedersglück Kräutersalz!«

Bernd steckt dafür zehn Euro in die Dose. Voll großzügig!

»Danke!«, rufen Laura und ich im Chor.

»Räumt ihr mir morgen wieder den Weg frei? Ihr bekommt auch fünf Euro für euren guten Zweck«, fragt Frau Büchner, bevor sie geht. Super! Das läuft ja wie geschmiert!

»Ist der Bernd eigentlich auch ein Salzsieder?«, frage ich.

»Ja, und er hilft uns manchmal auf dem Hof«, erklärt Laura. »Meine Mama könnte das natürlich auch alleine, aber zu zweit geht manches einfacher«, fügt sie schnell hinzu.

Ich nicke verständnisvoll.

Eine elegant gekleidete Dame mit kurzen grauen Haaren und rosigen Wangen spendiert uns sogar heißen Kakao und eine Packung Plätzchen vom Bäcker. Voll lieb! Wir »verschenken« unsere Gläser an Spender und verdienen 200 Euro. So viel Geld bekomme ich nicht mal an Weihnachten von allen zusammen!

Zum Glück verkneifen sich Figaro und Melodie das Äppeln, bis wir wieder auf dem Waldweg sind. Das lief perfekt!

Aber warum ist Laura so still, seit wir das Geld gezählt haben?

»Was ist los«, frage ich sie. » 200 Euro sind doch super!«

»Ja, schon. Aber es sind nur noch zwei Wochen bis Neujahr und spätestens dann braucht meine Mama das Geld. Im Januar kommen immer ganz viele Rechnungen. Wir müssten unser Salz schon mit Gold aufwiegen, damit das für Figaro reicht«, sagt sie betrübt.

Daran hatte ich auch schon gedacht.

»Wir bekommen doch von Frau Büchner Geld fürs Schnee räumen, das könnten wir auch den anderen Nachbarn anbieten. Wir müssen uns einfach noch mehr Sachen einfallen lassen!«, rufe ich kämpferisch. So schnell gebe ich nicht auf! Das war erst der Anfang!

Am Abend schaue ich zu Hause auf unser Instagram-Profil und bin sehr überrascht. Wir haben viel mehr Follower dazugewonnen und die Kommentarspalten quellen förmlich über. @Susi91 schreibt: *Ich finde es klasse, dass ihr euch nicht unterkriegen lasst! Die gestohlenen Bäume, die Stinkebrühe und der verstreute Müll, das ist doch kein Zufall! Hoffentlich findet ihr raus, wer euch da so übel mitspielt und könnt Figaro behalten! Keep your spirits high!*

Ich hätte nie gedacht, dass die Geschichte die Menschen so bewegt, und poste gleich die Bilder von unserem Verkaufsstand im Kocherquartier. Ob Susi wohl recht hat und es einen Zusammenhang zwischen dem Diebstahl und den anderen Aktionen gibt? Aber warum sollte jemand der Familie Degenhardt so gemein schaden wollen? Ich wische noch ein wenig durch die Social Media-Seiten und stelle erstaunt fest, dass Oma Helga auch ein Profil hat. Ich schicke ihr sofort eine Anfrage und entdecke, dass sie über 400 Freunde hat. Neugierig schaue ich mir die Liste genauer an. Viele ihrer Follower kommen mir bekannt vor: Herr Faulhuber, Frau Büchner, Bernd, Herr Rössler, Yasemin Nejem, so heißt offensichtlich die Frau mit dem hübschen seidenen Kopftuch, die heute das erste Gläschen Kräutersalz gekauft hat. Wow, jetzt bin ich wirklich baff. Das sind ja alles echte Freunde und Bekannte. Also Menschen, die sie persönlich kennt und nicht nur aus dem Internet. Denn ein Großteil davon lebt hier oder in näherer Umgebung, soweit ich das feststellen kann. Oma Helga kennt anscheinend fast jede Familie hier in Hall. Nur der Schweinshaupt besitzt kein Profil. Wundert mich nicht, wer würde schon mit dem befreundet sein wollen?

9

Möhre wird Insta-Star

Mein Handywecker klingelt um 6 Uhr, obwohl ich nicht zur Schule muss. Ich will früh bei Laura sein, um mit dem Schneepflug auf dem Hof und vor Frau Büchners Haus die Wege freizuräumen. Außerdem ist mir heute Nacht noch etwas eingefallen, das ich ihr unbedingt erzählen will. Ich greife inzwischen automatisch zu meiner dunklen Winterjacke vom letzten Jahr. Unter meiner Jeans trage ich warme Leggings, die ich mit zwei Paar Socken abdichte.

»Nanu, bist du krank?«, fragt meine Mutter, als ich trotz schulfrei überpünktlich zum Frühstück erscheine.

»Ich muss Geld verdienen«, sage ich und löffle mein Müsli, so schnell ich kann.

»Wie, Geld verdienen? Seit wann hast du denn einen Job und wofür brauchst du überhaupt Geld?« Papa klingt streng.

»Na, für Figaro!«, erwidere ich und rolle mit den Augen. Bin ich hier etwa bei einem Verhör gelandet? Wieso muss ich mich rechtfertigen, wenn ich Geld verdiene? Sollten Eltern nicht froh sein, wenn ihre Kinder selbstständig werden?

»Wir haben dir doch schon gesagt …«

»Dass ihr mir Figaro nicht kauft. Deswegen kaufe ich ihn auch selbst! Außerdem verlässt sich Frau Büchner drauf, dass wir ihr heute beim Schneeräumen helfen.«

Mein Vater schnaubt und holt tief Luft für eine seiner Predigten, die er so gerne hält.

»Lass sie doch!«, unterbricht ihn Mama. »Ich hatte in ihrem Alter auch einen Ferienjob. Aber Friederike, bitte sei realistisch, auf Dauer kannst du die Unterhaltskosten für ein Pferd nicht von einem Schülerjob bestreiten. Außerdem musst du zur Schule gehen und hättest nicht genug Zeit, dich jeden Tag um Figaro zu kümmern. Wie wäre es denn, wenn wir für dich nach einer neuen Reitschule suchen?«

Mama schaut mich mit diesem erwartungsvollen Blick an, der sagen soll: Ist das nicht ein toller Vorschlag?

»Ich brauche keine Reitstunden mehr! Ich kann reiten!«, rufe ich trotzig. Ich will doch nicht auf *irgendeinem* Pferd reiten. Ich will, dass Figaro bei seiner Mutter bleiben kann, und ich will mit Laura zusammen ausreiten.

»Darf ich jetzt gehen?«, frage ich genervt. Papa brummelt nur vor sich hin und Mama macht eine wegwedelnde Handbewegung. »Ja, geh ruhig. Aber sei zum Abendessen wieder hier!«

Das Schneepflügen dauert diesmal länger als gedacht, weil außer Frau Büchner auch noch einige andere Nachbarn unseren Räumdienst gebucht haben. Trotzdem werden wir so nicht genug zusammenbekommen, um Figaro zu kaufen. Über Futter- und Tierarztkosten will ich gar nicht erst nachdenken. Es wurmt mich, dass meine Eltern damit recht haben, aber noch gebe ich nicht auf.

Da fällt mir was ein.

»Ich habe eine Idee für ein virales Video!«, sage ich begeistert zu Laura. »Wir drehen ein süßes Tiervideo!«

Ich striegle Figaros glänzendes Fell und Laura beugt sich über Melodies Hinterhuf, um ihn auszukratzen.

»Weißt du schon, was genau du filmen willst?«, fragt sie, ohne aufzuschauen.

»Kann Möhre denn etwas Besonderes?«

»Du meinst außer Mäuse fangen?«

»Katze im Schnee auf Mäusejagd. Klingt doch ganz gut. Dabei könnten viele niedliche Situationen entstehen. Weißt du, wo Möhre steckt?«

Ich lege den Striegel weg und greife zur Mähnenbürste. Figaro hat so eine schöne dunkle Mähne. Ob es ihm wohl gefallen würde, wenn ich ihm hübsche Zöpfe flechte? Als ob er meine Gedanken gehört hätte, schüttelt er auf einmal energisch den Kopf.

»Um die Uhrzeit und bei dem Wetter? Neben dem Kachelofen vermutlich!«

Nachdem wir die Pferde in ihre Boxen gebracht haben, werfen wir von draußen einen Blick in die Wohnküche, aber da ist kein Kätzchen zu sehen. Der Himmel ist nur leicht bewölkt und der Schnee funkelt wie Diamantenstaub. Das sind eigentlich super Voraussetzungen für unseren Dreh.

»Hast du eine Idee, wo Möhre sonst noch stecken könnte?«

»Sie könnte überall hier auf dem Gockelhof sein: im Stall, in der Scheune oder auf dem Getreidespeicher. Da, wo sich eben auch die Mäuse tummeln«, sagt Laura schulterzuckend.

Das Gute am Schnee ist, dass man Spuren leicht erkennen kann. Doof ist allerdings, dass Möhre es bevorzugt, auf den geräumten Wegen zu bleiben. Wir laufen den Pfad einmal rund um den Innenhof ab und schauen auch im Schuppen nach, können aber keine Spur von Möhre finden. Erst in der Nähe des Gartens entdeckt Laura ihre Pfotenabdrücke im Schnee, die zu einem schmalen Spalt auf der Rückseite der Scheune führen. Zu schmal für einen Menschen muss ich feststellen, als ich mich seitlich durchquetschen will und stecken bleibe.

»Mist!«, fluche ich leise.

»Sorry, das hab ich geahnt«, sagt Laura und spielt mit ihrem Zopf. »Lass uns einfach vorne reingehen.«

In der Scheune ist es duster und auch das Licht, das irgendwo weit oben im Gebälk hängt, macht es kaum besser. Ich höre es rascheln und zucke ein wenig zusammen.

»Hast du etwa Angst vor Mäusen?«, fragt Laura spöttisch.

»Nein, natürlich nicht.« Ich hoffe aber, dass uns keine Ratte über den Weg läuft.«

Als ich sehe, wie niedlich Möhre sich im Stroh wälzt, zücke ich mein Handy und schaue durch die Kamera. Aber das Bild ist viel zu dunkel.

»Wir brauchen mehr Licht!«, rufe ich.

Laura schiebt das Scheunentor zur Seite. Es quietscht und rappelt fürchterlich und Möhre springt wie von der Tarantel gestochen auf und rennt davon. Sie flüchtet hinter die Strohballen, wo ich sie nicht richtig filmen kann. Das war's dann wohl.

»Lass uns eine Pause machen und warten, bis Möhre aus der Scheune kommt«, schlägt Laura vor. Ich stimme zu, es bleibt uns aber auch gar nichts anderes übrig.

Wieder im Haus, machen Laura und ich uns eine heiße Schokolade mit Schlagsahne und Streuseln. Dann setzen wir uns ans Fenster, damit wir sehen, wenn Möhre über den Hof läuft.

»Lust auf eine Runde UNO?«, schlägt Laura vor.

»Klar.«

Sie zieht in der Ecke des Raumes einen Vorhang zurück, hinter dem ein Regal mit einer Sammlung von Spielen zum Vorschein kommt.

»Lotti Karotti hab ich auch!«, rufe ich. »Aber das spiele ich schon lange nicht mehr«, schiebe ich schnell hinterher.

»Ja, das staubt hier auch nur ein.« Laura nimmt die UNO-Karten aus dem Regal.

»Eigentlich hab ich ganz schön viel Spielzeug, das ich nicht mehr benutze, das aber noch gut ist. Das könnte ich verkaufen.«

»Wir können uns aber nicht schon wieder in den Froschgraben beim Kocherquartier setzen«, erwidert Laura.

»Brauchen wir auch nicht. Wir setzen die Sachen einfach in die Kleinanzeigen.« Ich ziehe mein Handy aus meiner Hosentasche. »Ich muss nur kurz die App installieren!«

»Das ist eine super Idee!«

Wir fangen sofort an, Lauras altes Spielzeug durchzusehen und fotografieren alles, was wegkann.

»So ein verfluchter Mist!«, brüllt nach einiger Zeit plötzlich jemand lautstark über den Hof. Laura und ich werfen uns einen verwunderten Blick zu. Da kommt auch schon Frau Degenhardt zur Tür hereingestürmt.

»Was ist passiert?«, fragt Laura ihre Mutter.

»Der Traktor springt nicht mehr an. Ich muss sofort Bernd anrufen«, Frau Degenhardts Stimme klingt ganz brüchig, »und unsere Bank«, fügt sie etwas leiser hinzu und verschwindet im ersten Stock. Das klingt gar nicht gut. Laura schaut ebenfalls sehr bedrückt drein und sortiert still ihre alten Spielsachen. Ich wünschte, ich könnte etwas sagen, das sie tröstet, aber mir fällt nichts ein und deshalb streichle ich ihr einfach nur schweigend über den Rücken. Das scheint ein wenig zu helfen, zumindest lächelt Laura jetzt wieder.

Wir wollen uns gerade noch ein paar Plätzchen aus der Keksdose nehmen, als ich Möhre aus der Scheune schleichen sehe. Das Timing passt perfekt und abends haben wir tatsächlich ein paar gute Szenen im Kasten. Und niedlich wie sie ist, schafft Möhre es sogar, dass Laura ihren Kummer für eine Weile vergisst.

10

Feueralarm!

Der Schnee scheint kein Ende zu nehmen. Gut für uns und unseren Pferdepflug! Unser Angebot hat sich schnell herumgesprochen und wir waren die ganze Woche im Dauereinsatz. Auch der Verkauf unserer alten Sachen läuft prima. Fast alle Spielsachen sind schon weg und ich hab noch ein paar Klamotten beigesteuert, die mir zu klein geworden sind. Das reicht aber immer noch nicht, deshalb habe ich auch die Möbel inseriert, die meine Eltern für mein neues Zimmer gekauft haben. Ich brauche kein Bett, wenn wir dafür Figaro behalten können.

Die Interessentin, die sich gemeldet hat, müsste jeden Moment klingeln. Papa ist auf der Arbeit und Mama wollte gerade zur Post. Der Zeitpunkt ist also perfekt.

Als es an der Tür klingelt, kann ich durch das Fenster sehen, dass eine junge Frau vor der Tür steht und öffne ihr.

»Hi! Bin ich hier richtig? Ich wollte ein Bett kaufen«, fragt sie und kaut schmatzend auf ihrem Kaugummi.

»Ja klar, einfach durchgehen. Mein Zimmer ist oben!« Die Frau folgt mir in mein Zimmer und begutachtet das Bett kritisch.

»Muss ich das selbst abbauen?«

Sie macht eine große, pinkfarbene Kaugummiblase.

»Ich kann dir dabei helfen«, biete ich großzügig an.

Plötzlich geht unten die Haustür auf. Verflixt, wieso ist Mama denn jetzt schon zurück?

»Foxy, bist du daheim?«

Vielleicht verschwindet sie ja einfach in ihrem Arbeitszimmer, wenn ich nicht antworte.

»Kann man am Preis noch was machen?«, fragt die Käuferin laut.

»Hast du Besuch?«, fragt Mama und steigt die Stufen hoch. Bevor ich reagieren kann, steht sie auch schon im Türrahmen.

»Ist das eine neue Freundin?«, fragt Mama und wirft einen skeptischen Blick auf die Frau mit den grüngefärbten Haaren und der Lederjacke.

»Nee, nee. Ich will nur das Bett kaufen«, verrät die Frau.

Jetzt bin ich geliefert.

»Wie, das Bett kaufen?«, fragt meine Mama irritiert. Die junge Frau erklärt ihr, dass sie das Bett und eventuell noch weitere Möbel von mir kaufen wolle, die ich inseriert habe. Mamas Gesichtsfarbe wechselt von weiß zu rot. Sie entschuldigt sich mehrmals und stammelt etwas von einem Missverständnis, während sie die Frau zur Tür begleitet.

»Bist du eigentlich von allen guten Geistern verlassen?«, fährt sie mich an, als wir wieder alleine sind. »Du löschst jetzt sofort die Inserate! Weißt du eigentlich, was die Möbel gekostet haben?!«

»Ja und? Ihr habt mir die Möbel doch geschenkt. Ich kann damit machen, was ich will. Es hat mich außerdem keiner gefragt, ob ich so teure Möbel will. Ich brauche kein Bett, mir reicht die Matratze!«, kontere ich.

»Friederike, ich verstehe, dass dir Figaro viel bedeutet, aber das geht zu weit. Du kannst nicht einfach deine Möbel verkaufen!«

»Warum denn nicht? Papa sagt doch immer: Man muss im Leben Prioritäten setzen! Und das tue ich. Für mich hat Figaro eben Priorität! Er kommt an erster Stelle!«, rufe ich und kämpfe mit den Tränen.

»Ach Foxy«, sagt Mama und streicht mir über den Kopf, aber darauf habe ich gerade gar keine Lust.

»Ich lösche die Anzeigen und dann geh ich zu Laura. Ich darf heute bei ihr übernachten. «

»Okay«, seufzt Mama und drückt mir einen Kuss auf meinen Lockenschopf.

»Meinst du die Diebe kommen überhaupt noch mal wieder?«, frage ich Laura später, als ich auf dem Gockelhof angekommen bin. Ich schaue aus ihrem Fenster in Richtung Weihnachtsbaumwald. Der Himmel ist wolkenverhangen, aber zum ersten Mal seit Tagen schneit es nicht mehr.

»Oma hat recht, die Diebe sind bestimmt auf und davon.« Laura wirkt geknickt.

In letzter Zeit will aber auch nichts so richtig klappen. Unser Katzenvideo hat zwar über 2000 Likes bekommen, aber dann haben wir rausgefunden, dass man nur Geld ausgezahlt bekommt, wenn man ein Profi ist. Und selbst dann bekommt man nur etwa einen Euro pro tausend Likes! Die ganze Arbeit und das für zwei Euro! Da hätten wir in der Zeit lieber noch ein paar Gläser Kräutersalz verkauft. Aber wenigstens haben wir so noch mehr Menschen auf unser Instagram-Profil aufmerksam gemacht. Vielleicht war die Arbeit doch nicht ganz umsonst.

Wir haben Plätzchen und Wintertee, der herrlich nach Zimt duftet, mit aufs Zimmer genommen und lackieren uns die Fingernägel in Glitzertürkis. Leider ist der rote Lack bei der Arbeit mit dem Schneepflug und den Pferden schnell abgeblättert. Stimmt wohl doch, dass Stallarbeit und lackierte Nägel sich nicht so gut vertragen. Da hilft auch der Klarlack nichts.

»Was ist eigentlich mit deinem Papa?«, frage ich und puste vorsichtig auf den feuchten Lack. Bisher habe ich mich nicht getraut zu fragen, aber jetzt scheint mir ein günstiger Moment zu sein.

Laura starrt auf ihre Fingernägel. »Keine Ahnung. Er ist abgehauen, als ich noch ein Baby war.«

So ein Idiot!, denke ich, aber ich sage: »Tut mir leid.«

»Das braucht dir nicht leidtun. Wir brauchen keinen Typen!«, schnaubt sie.

Das finde ich auch. »Kümmert sich deine Mama jetzt ganz alleine um den Gockelhof?«

»Ja, und sie arbeitet als Tierarzthelferin. Oma und ich helfen ihr natürlich so gut wir können! Der Bernd hilft nur manchmal aus.«

»Ihr seid ein starkes Team!«, stelle ich fest und Laura nickt zustimmend.

»Wir halten zusammen. Der Rössler war nicht mehr hier auf dem Hof, seit mein Opa gestorben ist. Der weiß überhaupt nicht, wovon er redet!«

Wir quatschen noch bis spät in die Nacht hinein und sind kaum eingeschlafen, als der Gockel lauthals kräht. Es fällt ein orangener Lichtschein zum Fenster rein.

»Ist es denn schon Zeit zum Aufstehen?«, frage ich.

»Nein, es ist noch mitten in der Nacht!«, ruft Laura und wankt ans Fenster.

»Was hat der Gockel denn bloß?«, frage ich gähnend.

»Die Scheune brennt! Feuer! Feuer!«, brüllt sie und rennt aus dem Zimmer. Sofort bin ich hellwach. Ich schnappe mein Handy, alarmiere die Feuerwehr und eile währenddessen zur Haustür. Schon im Flur beginne ich zu frösteln. Laura rennt im Schlafanzug über den Hof und holt einen Schlauch aus dem Stall. Ich nehme unsere Jacken von der Garderobe, laufe zu ihr und werfe ihr ihre Jacke über die Schultern. Da kommen auch schon ihre Mutter und ihre Oma mit großen Feuerlöschern aus dem Haus. Doch innerhalb einer Minute sind die Feuerlöscher leergesprüht und die Flammen schlagen dennoch immer höher. Wo bleibt denn nur die Feuerwehr? Die

Flammen schlagen nun schon so hoch, dass es mir in meiner Jacke zu warm wird.

»Geht weg hier!«, befiehlt Lauras Mama energisch.

Als Laura zögert, packt ihre Oma sie unter den Armen und schleift sie zur Wiese. Wir stehen zu dritt im hohen Gras und müssen hilflos mitansehen, wie sich das Feuer ausbreitet. Frau Degenhardt versucht immer noch, mit dem Schlauch gegen die Flammen anzukämpfen, obwohl sie schon bedrohlich nahe sind. Ohne darüber nachzudenken, filme ich die Szene mit meinem Handy. Da hastet Frau Büchner in Gummistiefeln und rosa Pyjamahosen unter dem Wintermantel zum Hoftor rein.

»Seid's alle g'sund?« Sie sieht käsebleich aus.

»Ja, uns geht's gut«, antwortet Lauras Oma.

Hinter Frau Büchner folgt ein ganzer Pulk an Menschen, auch Bernd und Herr Rössler sind dabei. Sie alle scheinen direkt aus dem Bett in ihre Jacken gesprungen zu sein und jeder hat einen Metalleimer dabei. Sie bilden eine Löschkette, einer befüllt die Eimer im Hofbrunnen mit Wasser, die dann von Person zu Person weitergereicht werden, um das Feuer zu löschen. Die sind ja im wahrsten Sinne des Wortes schneller als die Feuerwehr!

Während wir dem Geschehen fassungslos zusehen, dringt auf einmal ein ängstliches Wiehern aus dem Stall.

»Die Pferde!«, ruft Laura entsetzt. »Sie sind im Stall eingesperrt und können sich nicht befreien!«

Wir tauschen einen Blick aus und rennen los. »Bleibt gefälligst stehen! Was habt ihr vor?«, ruft Oma Helga uns hinterher.

»Wir müssen die Pferde rauslassen!«, rufe ich zurück.

»Das ist viel zu gefährlich! Kommt sofort zurück!«

Aber ich denke gar nicht dran. Die Hitze ist fast unerträglich und mir steht der Schweiß auf der Stirn. Ich muss vom Rauch so sehr husten, dass ich kaum noch atmen kann. Mit letzter Kraft schiebe ich den Riegel von Figaros Boxtür beiseite. Er stürmt ins Freie,

aber durch die dichten Rauchschwaden kann ich nicht erkennen, wo Laura steckt.

»Laura, wo bist du?« Der Rauch beißt so sehr in meiner Lunge, dass ich heftig husten muss. Da schießt auf einmal Melodie an mir vorbei und Laura hinterher. Ich folge ihnen und wir rennen zur Wiese zurück. Meine Augen tränen und mein Hals kratzt immer noch, aber Melodie und Figaro sind gerettet.

Dann hören wir es endlich! Das erlösende Geräusch des Martinshorns. Die Feuerwehr kommt mit mehreren Löschfahrzeugen und ein Schwall von Feuerwehrfrauen und Feuerwehrmännern ergießt sich über den Gockelhof, trotzdem dauert es eine gefühlte Ewigkeit, bis das Feuer eingedämmt ist.

Laura tippt mir leicht auf die Schulter: »Wir sollten allmählich die Pferde wieder einfangen.«

»Ich geh do na und ihr geht da na!«, ruft Frau Büchner und Lauras Oma stiefelt in den Stall, um Halfter und Leinen zu holen. Zum Glück hat das Feuer nicht auf den Stall übergegriffen.

Es ist dunkel, aber der Mond scheint hell und ich mache schon bald einen Schatten auf dem schneeweißen Feld aus.

»Laura, hier!« Ich deute auf den Umriss. Laura kneift die Augen zusammen.

»Das ist Melodie.«

Ich nähere mich Melodie von links, bleibe aber in einiger Entfernung stehen, um sie nicht weiter zu verschrecken, während sich Laura ihr langsam nähert.

»Ganz ruhig, mein Mädchen«, redet Laura beruhigend auf sie ein. Doch als sie die Hand erhebt, scheut Melodie ein wenig und versucht in meine Richtung zu flüchten. Als sie mich sieht, bleibt sie stehen. So gelingt es Laura schließlich doch noch, ihr die Leine um den Hals zu werfen und dann das Halfter anzulegen. Zurück am Stall wartet schon Frau Büchner mit Figaro. Glück im Unglück, nennt man das wohl.

Als wir leise und betrübt ins Haus zurückkehren, sitzt Frau Degenhardt am Küchentisch, hat den Kopf in ihren Händen vergraben und weint bitterlich.

»Was soll ich jetzt nur tun?«, fragt sie Oma Helga. »Unser Heu und Stroh ist verbrannt und wir können es uns nicht leisten, neues Futter zu kaufen. Die Beschwerden aus der Nachbarschaft, der kaputte Traktor, das wird mir alles zu viel! Wir müssen die Pferde abgeben und unser Land verkaufen.« Sie schluchzt heftig.

Oma Helga streichelt ihr über den Rücken und sieht selbst sehr niedergeschlagen aus. Auch Laura hat Tränen in den Augen und ich würde am liebsten mitheulen.

Wieder zurück in unseren Betten, quälen wir uns durch eine unruhige Nacht und stehen mit den ersten Sonnenstrahlen auf, um uns den Schaden bei Tageslicht anzuschauen. Laura hat tiefe Augenringe und statt sich einen ordentlichen Zopf zu flechten, knuddelt sie ihre Haare einfach nur zu einem unordentlichen Dutt zusammen.

Das Löschwasser ist über Nacht gefroren und macht den Bereich vor der Scheune spiegelglatt. Ich muss kräftig mit den Armen wedeln, um nicht hinzufallen.

»Ich frage mich, wer oder was das Feuer ausgelöst hat«, sage ich. Laura zuckt nur gleichgültig mit den Schultern.

»Ist doch egal, das ändert jetzt auch nichts mehr!«

So kraftlos und niedergeschlagen ist Laura kaum wiederzuerkennen, von ihrer Kämpfernatur ist im Moment nichts zu spüren. Aber dann muss ich eben diesmal die Starke sein und ihr dabei helfen, die Hoffnung nicht aufzugeben!

Konzentriert suche ich den Boden ab. Vielleicht hat der Täter wieder eine Spur hinterlassen.

Der Boden in der Scheune ist kohlrabenschwarz und wo einst das Dach war, kann man nun direkt in den strahlend blauen Himmel gucken. Da entdecke ich ein goldenes Funkeln auf dem verrußten Boden. Was ist denn das?

»Ein goldenes Feuerzeug! Ob das dem Brandstifter gehört?«

»Echt?«

Plötzlich steht Laura neben mir und schaut neugierig auf meinen Fund.

»Nicht anfassen!«, ruft sie und verschwindet im Haus. Ich mache ein Foto und Laura kommt mit einer Plastiktüte und einer Grillzange zurück. Vorsichtig tütet sie das Beweisstück ein. Bei näherer Betrachtung fällt mir auf, dass Initialen darauf eingraviert wurden: *I. S.* Wer könnte das nur sein? Der Rössler jedenfalls nicht. Ich kann mir nicht vorstellen, dass der so ein schickes Feuerzeug besitzt. Andererseits sieht es sehr alt aus, vielleicht gehören die Initialen gar nicht zum Besitzer.

»Meinst du, die Polizei wird den Fall untersuchen?«, frage ich.

»Natürlich! Brandstiftung ist ein schweres Verbrechen!«

Laura klingt jetzt wieder so stark, wie ich sie kenne.

Herr Faulhuber verspricht auch tatsächlich, sofort vorbeizukommen, als wir ihn über unseren Fund informiert haben.

Laura und ich füttern in der Zwischenzeit die Hühner und bringen Oscar ein Stück frische Gurke, die mag er nämlich besonders gern.

»Wenn du uns nicht geweckt hättest, wäre das heute Nacht ganz anders ausgegangen«, sagt Laura und gibt ihm seine Belohnung.

»Allerdings, Oskar ist ein richtiger Supergockel!«

Da hören wir, wie ein Auto auf den Hof gefahren kommt. Es ist Herr Faulhuber, um das Beweisstück entgegenzunehmen.

»Hervorragende Arbeit!«, lobt er uns.

»Wie lange wird es dauern, bis Sie die Spuren im Labor analysiert haben?«, frage ich nach.

»Das Labor braucht etwa eine Woche, aber es ist leider sehr unwahrscheinlich, dass man noch Fingerabdrücke oder DNA-Spuren auf dem Feuerzeug findet. Trotzdem ist das ein wichtiges Indiz und es ist sehr gut, dass ihr mich gerufen habt! Wenn es Brandstiftung war, ist das ein ernstes Verbrechen und ich werde alles tun, was in meiner Macht steht, um es aufzuklären. Versprochen, Laura!«

Herr Faulhuber schaut uns fest in die Augen. Ich glaube ihm, aber uns rennt die Zeit davon.

Der Tag hingegen tröpfelt nur so dahin. Laura und ich wissen nichts so recht mit uns anzufangen. Wir posten die schrecklichen Ereignisse, lesen die aufmunternden Kommentare und antworten unseren Followern. Einige Menschen fragen auch, ob sie uns helfen können, und bieten ihre Unterstützung an. Das ist echt nett und ich überlege auch kurz, ob eine Spendensammelaktion nicht eine gute Idee wäre. Doch ich fürchte, Lauras Mama ist zu stolz, um einfach Geld von Fremden anzunehmen.

Unsere Geschichte scheint die Menschen wirklich zu bewegen. Immer mehr Menschen folgen uns, aber die Konkurrenz bei dem Wettbewerb ist stark. Die anderen haben auch ordentlich an Followern zugelegt und bei vielen sehen die Fotos und Videos viel professioneller aus als bei uns. Melek ruft ebenfalls an und ist total entsetzt, als wir ihr berichten, wie nah wir an den Flammen waren und wie schlimm das Ausmaß der Zerstörung ist. Weil Laura im Moment jeden Trost gebrauchen kann, erlauben mir meine Eltern, noch mal bei ihr zu übernachten. Trotzdem fehlt uns heute irgendwie der Schwung: Wir futtern Plätzchen, lassen Möhre hinter einer Schnur herjagen und gehen schon um neun Uhr ins Bett.

Wir schlafen bereits tief und fest, als plötzlich mein Handyalarm losgeht.

Die Falle schnappt zu

Meine Augenlider sind schwer wie Blei und ich schaue blinzelnd auf das grelle Display. Es ist gerade mal vier Uhr. Viel zu früh für den Wecker! Was soll der Sch...

»Schnell Laura, wach auf!« Plötzlich bin ich hellwach. »Alarm!«

»Schon wieder Feuer?« Laura richtet sich noch im Halbschlaf im Bett auf.

»Nein, der Dieb! Der Bewegungsmelder hat Alarm geschlagen«, rufe ich.

Ich öffne das Schlafzimmerfenster und die frostige Nachtluft kriecht sofort unter meinen dünnen Schlafanzug. Es schaudert mich, aber das ist jetzt egal. Mit zitternden Händen schnappe ich mir die Fernbedienung und lasse ich die Drohne Richtung Wald fliegen. Laura steht mit einem Satz neben mir und starrt gebannt auf den Monitor. Man kann zwar nur Umrisse erkennen, aber da bewegt sich eindeutig etwas durch den Schnee vor dem Zaun. Das ist der Dieb! Der Schuft klettert gerade unter dem Zaun durch! Nein, es sind sogar zwei Diebe. Der zweite Dieb macht sich schon an einem der Bäume zu schaffen. Leider ist es zu dunkel und die Drohne zu weit oben, um die Gesichter zu erkennen. Außerhalb des Zauns steht ein weißer Transporter. Den habe ich im Schnee nicht gleich entdeckt. Aber jetzt, da die Diebe abgelenkt sind, könnte ich es wagen, etwas näher heranzufliegen. Ich lasse die Drohne vor der Motorhaube herabsinken, um das Nummernschild zu filmen. Die Infrarotlichter meiner Drohne reichen gerade so aus, um das Kennzeichen lesbar zu machen. Das hat super geklappt, jetzt nur noch das Handy abwerfen und dann weg. Ich will die Drohne gerade über der Ladefläche ausrichten, da nähert sich plötzlich ziemlich schnell einer der schwarzen Punkte. Verdammt, haben die uns etwa entdeckt? Die dunkle Gestalt schnappt sich einen Ast und schlägt damit nach oben. Das Kamerabild gerät gefährlich ins Schwanken. Ich flüchte mit der Drohne und lasse sie in einiger Entfernung landen. Das war knapp, beinahe wäre die Drohne abgestürzt, das hätte mächtig Ärger mit Papa gegeben.

»Hast du das Handy abgeworfen?«, fragt Laura.

Ich schüttele enttäuscht mit dem Kopf.

»Dann musst du es nochmal versuchen!«

»Was, wenn sie die Drohne diesmal erwischen? Das gibt Riesenärger. Jetzt sind sie schon vorgewarnt und sicher auf der Hut!«

»Bitte, du musst es einfach versuchen. Flieg einfach so hoch es geht, damit sie dich nicht erwischen.«

»Aus der Höhe treffe ich vielleicht nicht oder die Täter sehen oder hören, wie das Handy auf die Ladefläche fällt«, gebe ich zu bedenken.

»Ist doch egal. Wenn es schiefgeht, hast du es wenigstens versucht. Die Diebe dürfen uns einfach nicht entwischen!«

Laura hat recht. Ich atme einmal tief durch, starte die Drohne erneut und lasse sie in einiger Höhe über dem Wäldchen kreisen. Es scheint, als ob sie mit einer elektrischen Säge arbeiten, das könnte unser Glück sein, weil sie die Drohne nicht hören. Ich positioniere die Drohne genau über der Ladefläche und werfe den GPS-Tracker ab.

»Jetzt ruf Herrn Faulhuber an!«, rufe ich erleichtert und lenke die Drohne heim.

Laura greift zu ihrem Handy und das Freizeichen ertönt. »Der geht nicht ran! Wir müssen die Täter verfolgen!«, sagt Laura nach dem zehnten Tuten.

»Du hast doch selbst gesagt, dass das viel zu gefährlich ist!«, wende ich ein.

»Willst du die Diebe einfach entkommen lassen? Es geht hier um mein Zuhause.« Laura hat Tränen in den Augen.

»Dafür haben wir den GPS-Sender!«, versuche ich, sie zu beruhigen. »Wir haben jede Menge Beweise, der Dieb wird uns nicht entwischen!«

»Was, wenn sie den GPS-Tracker finden? Sie haben die Drohne doch genau gesehen.«

»Quatsch, die waren gerade total beschäftigt und haben das überhaupt nicht mitbekommen. Das Handy ist mitten in die Tannenzweige gefallen, das finden die niemals, selbst wenn sie danach suchen!«, versuche ich, Laura und mich selbst zu beruhigen.

Gespannt starren wir auf den GPS-Tracker. Noch hat er sich nicht bewegt. Wir starren eine halbe Ewigkeit gebannt auf den Monitor. Als Laura schon ungeduldig wird, setzt sich der rote Punkt doch noch in Bewegung. Wir folgen ihm gespannt auf der Karte bis zu einem Haus in Schwäbisch Hall. Dort bleibt der Punkt stehen. Im Viertelstundentakt rufen wir beim Faulhuber an, bis er um kurz vor sechs endlich ans Telefon geht.

»Guten Morgääähn. Wo brennt es denn?«, fragt Herr Faulhuber verschlafen.

»KommenSieschnelldieDiebewarenheuteNachtwiederdaunddiesmalhabenwirBeweise!«, rufe ich aufgeregt.

»Ganz ruhig und nochmal von vorn: Wer ist da? Was ist passiert? Und wo muss ich hinkommen?«

Ich hole einmal tief Luft: »Hier sind Laura Degenhardt und Foxy Kätterle. Kommen Sie schnell! Die Diebe waren heute Nacht wieder da und diesmal haben wir Beweise! Wir haben die Weihnachtsbaumdiebe verfolgt.« Ich erkläre ihm so ruhig ich kann, was heute Nacht passiert ist und wo er die Beute und damit hoffentlich auch die Diebe findet.

»Ich kümmere mich drum. Bleibt, ihr wo ihr seid!«, sagt Herr Faulhuber.

Von wegen! Natürlich wollen wir dabei sein, wenn der Dieb verhaftet wird! Für alle Fälle packe ich auch den roten Stofffetzen ein, den wir beim ersten Diebstahl am Zaun gefunden haben. Wir wollen uns gerade an der Küche vorbeischleichen, als plötzlich Oma Helga vor uns steht.

»Wo wollt ihr denn hin?«, fragt sie und schlürft ihren Kaffee.

»Die Diebe waren heute Nacht wieder da und wir haben ihr Auto verwanzt und die Polizei ist schon unterwegs. Wir wollen dabei sein, wenn er verhaftet wird!«, sprudelt es aus Laura hervor.

»Was!? Na, wenn das deine Mutter hört!«, ruft Oma Helga gespielt empört. »Na kommt, ich fahre euch! Ihr wolltet doch nicht im Dunkeln in die Stadt reiten?«

»Danke!«, rufe ich erleichtert. Mit dem Auto geht es natürlich schneller und wärmer ist es auch.

»Tritt aufs Gas, Oma, der Faulhuber ist schon unterwegs!«, ruft Laura vom Rücksitz aus. Aber das hätte sie gar nicht sagen brauchen. Ich finde Oma Helgas Fahrstil auch so schon sehr sportlich.

Mit quietschenden Reifen halten wir schließlich am Zielort. Der Polizeiwagen steht auch schon vor der Tür. Oma Helga parkt direkt dahinter. Das Hoftor steht offen und man hört die Stimmen von zwei Männern. Ich springe aus dem Wagen und Laura ist mir direkt auf den Fersen. Im Hof bleiben wir wie angewurzelt stehen. Aber das ist doch Bernd, der Weihnachtsbaumverkäufer und Freund der Familie!

»Sehen Sie, hier ist die Rechnung. Ich habe die Bäume beim Großhändler gekauft«, sagt er und hält dem Polizisten ein Papier unter die Nase.

»Mmh, scheint alles seine Richtigkeit zu haben!«

Herr Faulhuber hält das Papier mit ausgestrecktem Arm von sich und kneift die Augen zusammen.

»Das ist eine Lüge! Wir haben gesehen, wie jemand die Bäume heute Nacht hinterm Gockelhof geklaut und in einen Transporter mit ihrem Kennzeichen geladen hat!«, rufe ich wütend.

»Ich habe meinen Schlüssel letzte Woche verloren. Jeder könnte den Transporter heute Nacht genommen haben«, redet Bernd sich raus.

Ich hole mein Schwarzlicht heraus und leuchte auf die Bäume in der Garage. Aber es ist nichts zu sehen, keine Leuchtfarbe. Es ist zu hell, weil ein Flutlicht den Hof ausleuchtet.

»Was soll der Kinderkram?«, fragt Bernd genervt. Ich flüstere Herrn Faulhuber meinen Plan ins Ohr.

»Dürfte ich Sie bitten, kurz das Licht auszuschalten?«, fragt ihn Herr Faulhuber betont freundlich.

Bernd rollt mit den Augen, schaltet aber das Licht mit seinem Handy aus.

Bitte, bitte, lass die Bäume jetzt leuchten, denke ich und knipse die Schwarzlicht-Taschenlampe an. Die Weihnachtsbäume strahlen wie die Klebesterne über meinem Bett.

»Können Sie mir erklären, wieso Ihre Bäume leuchten?«, fragt Herr Faulhuber ruhig.

»Ähm, also ...«, stammelt Bernd.

»Sie leuchten, weil wir unsere Bäume mit UV-Leuchtfarbe eingesprüht haben und er sie uns geklaut hat!«, unterbricht ihn Laura aufgeregt.

»Herr Kaufmann, bitte begleiten Sie mich aufs Revier«, sagt Herr Faulhuber sachlich und greift Bernd am Arm. »Ich denke, Sie müssen mir da ein paar Fragen beantworten!«

»Ich ... ich wollte das alles nicht!«, stammelt Bernd und wirkt plötzlich wie zusammengeschrumpft.

»Wie meinen Sie das?«, fragt Herr Faulhuber.

Bernd lässt den Kopf hängen, geht aber nicht auf die Frage des Polizisten ein.

»Wenn du weißt, wer es war, dann sag es doch!«, redet Laura auf ihn ein und stampft wütend mit dem Fuß auf, aber Bernd schüttelt den Kopf.

»Ich bekomme Riesenärger, wenn ich etwas sage!«, murmelt Bernd.

»Noch mehr Ärger als ohnehin schon?«, fragt Oma Helga ungläubig.

Da fällt bei mir plötzlich der Groschen. Die Hundespuren bei den Müllsäcken, der rote Stoff am Zaun und das Feuerzeug mit den Initialen *I. S.*, dass ich da nicht gleich draufgekommen bin!

»Der Schweinshaupt war es, stimmt's?«, frage ich. »Die Initialen *I. S.* stehen für Ingo Schweinshaupt!«

Bernd nickt.

»Warum sollte Herr Schweinshaupt das tun?«, bohrt Herr Faulhuber nach.

Bernd seufzt: »Weil er den Gockelhof, besonders die Wiesen rundum, kaufen will, um einen Privatgolfplatz darauf zu bauen. Er hat gehofft, dass Frau Degenhardt durch den finanziellen Schaden gezwungen wird zu verkaufen.«

»Sowas Gemeines!«, rufe ich.

»Warum hast du da mitgemacht? Du bist doch unser Freund!«, fragt Laura und schüttelt enttäuscht den Kopf.

»Ich hab was sehr Dummes getan! Als meine Molly vor ein paar Jahren unerwartet Nachwuchs bekommen hat, habe ich die Welpen mit einem gefälschten Stammbaum verkauft«, bricht es aus Bernd heraus. »Auch an den Schweinshaupt. Er hat das aber rausgefunden und mich damit erpresst, als ich ihn dabei erwischt habe, wie er die stinkende Brühe auf der Wiese abgeladen hat! Ich musste den Traktor sabotieren und ihm dabei helfen, noch mehr Weihnachtsbäume abzuholzen, aber mit dem Feuer hatte ich nichts zu tun. Ehrlich!«

»Warum haben Sie die Welpen nicht ohne Papiere verkauft?«, fragt Herr Faulhuber streng.

»Es gab in der Schwangerschaft und bei der Geburt Komplikationen und die Tierarztrechnungen waren so hoch, dass ich nicht weiterwusste. Ich musste meiner Molly doch helfen lassen! Ich wollte mich nicht bereichern«, jammert Bernd und schnäuzt in ein zerfleddertes Taschentuch.

»Es tut mir leid! Natürlich bekommt ihr das Geld für die Bäume doppelt zurück und ich repariere auch den Traktor!«, verspricht er.

Jetzt tut er mir richtig leid.

»Schon gut. Es reicht, wenn du den Schaden begleichst. Wenn du zur Wiedergutmachung hilfst, die Scheune wiederaufzubauen, dann wollen wir die Sache vergessen!«, schlägt Oma Helga vor. Das finde ich echt fair von ihr und Bernd sieht auch nicht mehr so unglücklich aus.

»Wir werden Herrn Schweinshaupt jetzt einen Besuch abstatten«, sagt Herr Faulhuber. »Sollte das stimmen, was Sie sagen, wird das ernste Konsequenzen nach sich ziehen!«

»Muss ich denn wirklich mitkommen? Ich habe Ihnen doch jetzt schon alles erzählt!«, druckst Bernd herum.

»Entweder Sie kommen freiwillig mit oder ...« Herr Faulhuber hält Bernd ein paar Handschellen vor die Nase.

Wir dürfen bei ihm im Polizeiwagen mitfahren und Oma Helga fährt hinterher. Mir ist ganz flau im Magen, als wir vor dem großen Eisentor halten und Herr Faulhuber klingelt.

»Wer stört am frühen Morgen?«, tönt es mürrisch aus der Gegensprechanlage.

»Polizei, bitte machen Sie auf!« So, wie Herr Faulhuber das »bitte« betont, klingt es aber eher nach einem Befehl als nach einer freundlichen Aufforderung.

Die Gegenstimme verstummt. Laura und ich schauen uns ratlos an. Ich stelle mir vor, wie Herr Faulhuber ein Sondereinsatzkommando bestellt und die Tür aufsprengen lässt, aber da ertönt der Summer. Herr Faulhuber geht festen Schrittes mit Bernd an seiner Seite voran.

Dem Schweinshaupt steht der Schreck ins Gesicht geschrieben, als er die beiden erblickt. Aber er scheint sich schnell zu fassen.

»Was kann ich für Sie tun?«, fragt er und zieht seinen roten Morgenmantel aus Seide enger.

»Ihnen werden Erpressung, Anstiftung zu einer Straftat, Brandstiftung und weitere Delikte vorgeworfen. Ich möchte Ihnen gern ein paar Fragen stellen.«

»Wissen Sie, im Moment passt es gerade nicht so gut«, windet sich Schweinshaupt.

Er will die Tür schon wieder zuschlagen, aber Herr Faulhuber ist schneller, schiebt seinen Fuß in den Spalt und drückt sie wieder auf.

»He, was soll das? Haben Sie überhaupt irgendwelche Beweise?«, empört sich Herr Schweinshaupt.

Da entdecke ich an der Garderobe seinen roten Schal mit einem großen Loch am Rand.

»Und wie wir die haben!«, rufe ich triumphierend und hole das Päckchen mit dem Stofffetzen heraus. »Sie haben sich beim ersten Versuch, die Weihnachtsbäume zu klauen, ein Loch in den Schal gerissen. Das beweist, dass Bernd die Wahrheit sagt!«

»Habt ihr etwa noch mehr Beweismittel?«, fragt Herr Faulhuber erstaunt und nimmt das Päckchen sofort an sich.

»Ja klar, jede Menge Fotos auf meinem Handy!«

»Saubere Arbeit, Mädels! Alle Achtung!«, sagt Herr Faulhuber anerkennend, als er durch meine Fotogalerie scrollt.

»Herr Dr. Schweinshaupt, Sie werden mir einige Fragen auf dem Revier beantworten müssen. Hiermit sind Sie verhaftet. Sie haben das Recht zu schweigen«, belehrt Herr Faulhuber den Schweinshaupt und lässt die Handschellen klicken.

»Ich will sofort meinen Anwalt sprechen!«, verkündet Herr Dr. Schweinshaupt lauthals. Das Polizeiauto hat offenbar das Interesse der Nachbarn geweckt, denn ringsum gehen in den Häusern die Lichter an und Rollläden werden hochgezogen. Die ganze Nachbarschaft schaut zu, als Herr Schweinshaupt in Handschellen abgeführt wird.

Bevor er losfährt, wendet sich Herr Faulhuber nochmal an uns: »Diesen Ermittlungserfolg haben wir nur euch zu verdanken, Foxy und Laura. Eure Eltern können sehr stolz auf euch sein und ihr erhaltet eine Belohnung für die Ergreifung des Diebs, wie versprochen! Fahrt mir einfach hinterher, dann kann ich sie euch gleich auf der Revier überreichen. – Bernd, du machst bitte gleich auch noch deine Aussage auf der Dienststelle. «

Wir hüpfen und tanzen im Kreis und können es gar nicht fassen, dass wir es geschafft haben: Wir haben schon eine ordentliche Summe zusammen, für eine Anzahlung auf Figaro sollte das reichen. Da Frau Degenhardt jetzt auch das Geld für die Bäume bekommt, muss sie nicht mehr um ihre Existenz bangen!

In einer Kleinstadt sprechen sich Neuigkeiten offenbar schnell herum, denn vor dem Polizeirevier wartet schon ein Reporter, um Fotos von »den zwei Meisterdetektivinnen« zu machen. Ich glühe vor Stolz, als Herr Faulhuber uns unsere Belohnung überreicht und der Reporter ganz viele Bilder von uns schießt. Ich kann es kaum erwarten, den Artikel mit Melek und unseren Followern zu teilen! Die werden staunen!

Tatsächlich explodiert unser Instagram jetzt schon regelrecht, obwohl wir das Update gerade erst gepostet haben und noch bei Oma Helga im Auto sitzen. Wir werden mit Kommentaren und Likes überhäuft.

Während der restlichen Rückfahrt sind wir ganz aufgekratzt und singen laut im Auto. Lauras Mama wird Augen machen. Oma Helga hat das Auto kaum gestoppt, da springen wir schon raus und rennen ins Haus.

»Mama, Mama! Wo steckst du?«, ruft Laura.

»Hier, mein Kind. In der Waschküche. Was ist denn los?«

Frau Degenhardt kommt uns mit einem halb zusammengelegten Handtuch entgegen.

»Stell dir vor! Wir haben den Baumdieb, aber der ist gar nicht der Dieb! Also eigentlich schon ...«, plappert Laura aufgeregt los.

»Was? Wie bitte? Einmal tief Luft holen!«, schlägt Frau Degenhardt vor.

Das machen wir dann auch und erzählen nacheinander, was passiert ist. Lauras Mutter ist so geschockt, dass sie sich erst mal setzen muss.

»Das ist ja unglaublich! Ich hätte nie gedacht, dass Bernd sich an sowas beteiligt. Aber wenn er sich an sein Versprechen hält, wird das eine große Hilfe für uns sein. Danke Mädels!«, sagt sie gerührt und drückt uns fest.

Da klingelt es unerwartet an der Tür. Davor stehen Bernd, Frau Büchner, Herr Rössler und ein paar andere aus dem Dorf.

»Wir han g'hört, was passiert ist«, sagt Frau Büchner.

»Tut mir leid, dass ich dachte, Sie hätten den Gestank und den Müll verursacht«, schiebt Herr Rössler hinterher und nachdem seine Frau ihn mit dem Ellenbogen in die Seite gestoßen hat, fügt er noch hinzu: »Es war ein dummes Vorurteil von mir, dass Frauen keinen Hof bewirtschaften können. Ihr macht das schon ganz ordentlich hier.«

»Der Schweinshaupt wird sicher für den Schaden aufkommen müssen, aber das kann noch eine Weile dauern. Deshalb haben wir gleich nach dem Brand unter unseren Freunden für euch gesammelt und haben alle zusammengelegt, damit ihr schnell wieder auf die Beine kommt!«

Bernd überreicht Frau Degenhardt einen dicken Umschlag mit Bargeld.

»Aber das kann ich doch nicht annehmen«, sagt Frau Degenhardt nach einem Blick auf die Summe.

»Doch, das können Sie. Ihre Familie engagiert sich ständig für andere und nun möchten wir uns einmal revanchieren.«

Lauras Mutter ist so gerührt, dass sie gar nichts sagen kann. Sie umarmt jeden unter Tränen. Aber diesmal sind es Freudentränen. Auch Laura ist überglücklich und ich teile ihre Freude. Ich bin so froh, dass wir dank der Nachbarn noch etwas Zeit haben, um das Geld für Figaro zusammenzubekommen.

Zum Abschied wünsche ich allen »Frohe Weihnachten« und mache mich beschwingt auf den Heimweg.

»Lauras Mutter hat uns den schönsten Baum ausgesucht. Willst du helfen, den Baum zu dekorieren?«, fragt Mama, als ich zur Tür reinkomme.

»Ja gerne!«, antworte ich und ziehe die verknotete Lichterkette aus einem Karton.

12

Abschied von Figaro?

Heiligabend stehe ich pflichtbewusst in der Kirche und singe »Stille Nacht, heilige Nacht«, obwohl wir sonst das ganze Jahr über nie in den Gottesdienst gehen. Laura, ihre Mutter und ihre Oma sind auch da. In seiner Predigt sagt der Pfarrer, dass Gutes, das wir tun, immer zu uns zurückkehrt. Ich hoffe so sehr, dass er recht hat. Stundenlang Schnee pflügen, Kräutersalz verkaufen, Videos drehen und doch ist es nicht sicher, ob wir Figaro behalten können. Laura scheint meine Gedanken zu lesen und drückt mich fest an sich.

»Wir haben schon so viel erreicht, das mit Figaro schaffen wir auch noch!«, flüstert sie und zwinkert mir zu.

Während des Stillgebets wünsche ich mir, dass wir den Wettbewerb gewinnen, damit Figaro für immer bei Melodie bleiben kann. Ich glaube zwar nicht daran, dass das wirklich hilft, aber schaden kann es auch nicht. Es sieht jedenfalls nicht danach aus, als ob meine Eltern sich auf meinen Weihnachtswunsch einlassen würden. Ich habe mitbekommen, wie meine Mama mit meiner Tante am Telefon getuschelt hat, und weiß, dass ich die hellblauen veganen Boots bekomme. Die stehen auf meiner Wunschliste direkt unter Figaro.

Daheim essen wir Würstchen mit Kartoffelsalat und dann läutet ein Glöckchen im Wohnzimmer.

»Hast du das gehört?«, fragt Papa und hält seine Hand hinters Ohr.

Mama steigt auf sein Spiel ein: »Das war bestimmt das Christkind! Zeit für die Bescherung!«

Als ob ich nicht wüsste, dass Papa den Sound über den Lautsprecher im Wohnzimmer abspielt! Ich bin doch kein kleines Kind mehr, sondern werde schon bald vierzehn!

Der Weihnachtsbaum funkelt unglaublich schön und aus den Boxen dudelt »Kling, Glöckchen, klingeling«.

Da ich schon weiß, was ich bekomme, überreiche ich zuerst meine Geschenke. Mama bekommt einen selbstgebastelten Fotorahmen mit einem Foto von uns für ihren Schreibtisch und Papa bekommt ein T-Shirt, auf das ich den Schriftzug »Räuberhauptmann« draufgedruckt habe. Das war Lauras Idee und Papa zieht es sofort über seinen Pulli, weil er es so klasse findet!

Ich sammle mich innerlich, um einen angemessen überraschten Gesichtsausdruck zu machen.

»Danke, Mama. Danke, Papa. Die Stiefel wollte ich unbedingt haben!«

Ich probiere die Stiefel sofort an und sie passen einfach perfekt.

An den Weihnachtsfeiertagen besuchen wir meine Großeltern und ich verfolge gespannt am Handy, wie sich unsere Followerzahlen entwickeln. Ob es wohl für den Sieg reicht?

Als am 26. Dezember um Mitternacht die Frist abläuft, schaue ich gespannt nach, ob wir bereits eine Benachrichtigung erhalten haben. Aber – nichts.

Nach einer unruhigen Nacht sitze ich mit meinen Eltern am Frühstückstisch, als mein Handy klingelt.

»Was gibt's, Melek?«, frage ich.

»Aah! Wir haben gewonnen!«, meldet sich Melek mit quietschender Stimme.

Mama verschluckt sich vor Schreck an ihrem Kaffee und muss heftig husten.

»Wie? Gewonnen? Im Ernst?«, frage ich verdattert.

»JAAA! 2500 Euro und die Fotoausrüstung! Wir haben den ersten Platz geholt!«

»Wow! Hammer!!! Ich kann es gar nicht fassen! Und für dich ist es echt okay, wenn du nur die Fotoausrüstung bekommst?«, frage ich vorsichtshalber nach.

»Ja klar, was heißt hier denn nur? Weißt du denn nicht, was die wert ist?«

Das weiß ich ehrlich gesagt wirklich nicht, ist mir aber auch völlig egal. Hauptsache jeder ist glücklich.

»Danke, Melek! Jetzt können wir Figaro bestimmt behalten! Das muss ich sofort Laura erzählen!«, rufe ich.

»Habt ihr das mitbekommen?«, frage ich meine Eltern aufgekratzt. »Wir haben 2500 Euro gewonnen und zusammen mit unserem Gesparten ist das schon eine ordentliche Anzahlung für Figaro!«

»Was ist das denn für ein Wettbewerb, den ihr gewonnen habt?«, fragt Papa überrascht.

»Auf Instagram. Es ging darum, wer am meisten Follower hinzugewinnt.«

»Davon wusste ich noch gar nichts, zeig mir den Account mal!«, fordert Papa mich auf.

Ich bin mir nicht sicher, ob das so eine gute Idee ist. Aber mir bleibt wohl keine Wahl. Ich öffne Instagram und reiche Papa mein Handy.

Mama macht schon jetzt ein ernstes Gesicht: »Wir haben doch schon darüber geredet, dass du noch zu jung bist, um die Verantwortung für ein Pferd zu übernehmen.«

»Wir haben einen Verbrecher überführt. Was muss ich denn noch tun, um euch zu beweisen, dass ich Verantwortung tragen kann?«

»Und wie ich gerade lese, habt ihr euch dafür nachts rausgeschlichen und euch beim Scheunenbrand in Gefahr gebracht, nur um die Pferde zu befreien. Das klingt für mich überhaupt nicht verantwortungsvoll.« Papa hat eine steile Grummelfalte auf der Stirn und schüttelt den Kopf.

»Ihr seid so unfair! Wir haben so hart gearbeitet und jetzt war alles umsonst!« Ich springe vom Stuhl auf, renne in mein Zimmer und schlage die Tür hinter mir zu.

Nachdem ich die Enttäuschung etwas verdaut habe, rufe ich bei Laura an. Meine Eltern haben ja nur gesagt, dass ich Figaro nicht kaufen darf, aber ich werde das Geld einfach Laura schenken, damit sie Figaro kaufen kann. Hauptsache, er muss nicht weg. Als Laura endlich drangeht, lege ich sofort los:

»Laura, stell dir vor: Wir haben den Wettbewerb gewonnen! Mit dem Preisgeld haben wir eine ordentliche Anzahlung für Figaro und den Rest bekommen wir auch noch zusammen. Ist das nicht wunderbar!?«

»Oh, ja, herzlichen Glückwünsch«, sagt Laura matt.

»Stimmt was nicht?«, frage ich besorgt.

»Ich weiß nicht, wie ich es dir sagen soll, aber Mama hat Figaro gestern verkauft.«

»Was? Wie kann das sein!? Gestern war doch Weihnachten! Wer macht denn bitte Geschäfte an Weihnachten?«

»Ich weiß auch nicht. Sorry, ich muss auch gleich was schaffen. Die ganze Nachbarschaft ist hier, um beim Aufbau der Scheune zu helfen und ich koche gerade Kaffee für alle. Nimm's nicht so schwer, wir können ja gemeinsam auf Melodie ausreiten. Ciao.«

Einfach aufgelegt. Was für eine treulose Tomate. Ist es ihr denn auf einmal ganz egal, dass Figaro von seiner Mutter getrennt wird? Ich bin so wütend und fassungslos. Die ganze harte Arbeit und alles umsonst!

Einige Stunden später klopft es an meiner Tür: »Darf ich reinkommen, Foxy?«

»Meinetwegen«, grummle ich in mein Kissen. Mama stellt mir ein Tablett mit einem Sandwich und einer Tasse Tee auf den Nachttisch.

»Du musst was essen!«, sagt sie und streichelt mir den Rücken.

»Wir haben so hart gearbeitet, um Figaro zu retten. Jetzt war alles umsonst!«, schluchze ich in mein Kopfkissen.

»Sei nicht traurig. Du hast Laura und ihrer Familie sehr geholfen. Deine Arbeit war nicht umsonst und vielleicht geschieht ja noch ein Wunder«, sagt sie und ihre grünen Augen blitzen schelmisch.

Wunder? Im Ernst? Ich bin doch kein Kleinkind mehr. Aber ich bin zu müde zum Streiten, deshalb sage ich nur: »Vielleicht.«

Die nächsten Tage verlasse ich mein Zimmer nur, um etwas zu essen oder auf die Toilette zu gehen. Den ganzen Tag über male ich mir in düsteren Bildern aus, wie es Figaro ergehen wird. Er wird während der Woche ganz allein in einem noblen Reitstall stehen, nur damit eine feine Tussi am Wochenende ein paar Stunden ausreiten kann. Melodie wird ihren Sohn schrecklich vermissen und aus Kummer abmagern, auch wenn sie genügend Futter bekommt.

Melek schickt mir ständig Fotos, die sie mit ihrer ach so tollen neuen Fotoausrüstung geschossen hat. Merkt sie gar nicht, wie wenig mich das gerade interessiert?

Laura schreibt auch nur darüber, wie toll ihnen alle helfen und dass die Scheune schon fast wieder aufgebaut wurde, aber ich fühle mich so einsam wie noch nie.

Da klopft es an der Tür und Mama steckt ihren Kopf herein:

»Hey Maus, möchtest du zu deinem Geburtstag nicht ein paar Freundinnen einladen?«

»Welche Freundinnen?«, maule ich und werfe mein Kissen in ihre Richtung. Normalerweise finde ich es klasse, an Silvester Geburtstag zu haben. Denn dadurch endet meine Party immer mit einem riesigen Feuerwerk. Aber dieses Jahr kann mir das alles gestohlen bleiben.

Am Morgen wecken mich meine Eltern, indem sie »Happy Birthday« singend in mein Zimmer platzen und einen kleinen Anhänger voller Geschenke hinter sich herziehen.

»Ich hab jetzt keine Lust. Lasst mich in Ruhe«, brumme ich und ziehe mir die Decke über den Kopf.

»Nichts da! Heute ist dein 14. Geburtstag und wir haben uns sehr viel Mühe gegeben, dein Geschenk auszusuchen!«

Papa zieht mir schwungvoll die Decke weg und ich flüchte vor der Kälte ins Bad.

Nach einer heißen Dusche ist meine Laune ein klein wenig besser und neugierig bin ich ja schon, was ich wohl geschenkt bekomme. Also setze ich ein Lächeln auf, als ich mich zu meinen Eltern an den Geburtstagstisch setze. Mama macht mir fröhlich pfeifend einen Kakao und dazu gibt es Waffeln zum Frühstück.

Dann stürze ich mich zuerst auf das größte Geschenk. Ich reiße das Papier runter, schneide den Karton auf und ... bin fassungslos. Gummistiefel? Quietschgelbe Gummistiefel!

»Was soll ich denn damit?«, poltere ich entgeistert und meine Gesichtszüge entgleisen.

»Die sind viel praktischer als die von Paula Gold!«, sagt mein Vater und zwinkert mir zu.

»Praktisch!? Du meinst wohl hässlich.«

Ich bin so enttäuscht und wütend. Ich weiß nicht, ob ich heulen oder brüllen soll. Wieso sind meine Eltern nur so gemein zu mir?

»Ich bin mir sicher, dass du die Gummistiefel bei Laura im Stall sehr gut gebrauchen kannst«, wirft meine Mama ein und kichert dabei wie ein kleines Schulmädchen.

Sind die denn jetzt völlig verrückt geworden? Was soll ich denn jetzt noch im Stall?

»Du hast deine Freundin diese Woche noch gar nicht besucht. Willst du ihr nicht deine neuen Schuhe zeigen?«, fragt Mama und giggelt dabei albern.

Ist sie jetzt völlig übergeschnappt? Aber bevor ich etwas erwidern kann, hält mir Papa schon meine Jacke hin.

»Etwas frische Luft wird dir guttun. Vertrau mir.« Dabei zwinkert er mir verschwörerisch zu.

Ich gebe mich geschlagen und trotte meinen Eltern in meinen quietschgelben Stiefeln hinterher.

Als wir den Hof erreichen, traue ich meinen Augen nicht: Laura und Melek stehen da, und neben ihnen – Figaro! Mit einer roten Schleife in der Mähne.

»Herzlichen Glückwunsch zum 14. Geburtstag!«, rufen sie wie aus einem Mund.

»Soll das etwa heißen, dass *ihr* Figaro gekauft habt?«

Fragend schaue ich meine Eltern an, die zustimmend nicken.

»Deine Mutter hat sich zu Weihnachten selbst ein Geschenk gemacht: Figaro«, sagt Papa und seufzt leise.

»Ganz ehrlich?«, frage ich verdattert.

»Ja, er wird als Therapiepferd meinen Patientinnen dabei helfen, sich besser zu fühlen. Nachmittags und am Wochenende könnt ihr ausreiten, wenn du dafür im Stall hilfst!«, erklärt Mama.

»Natürlich werde ich das! Danke! Danke!« Ich falle meinen Eltern und meinen Freundinnen vor Freude um den Hals.

Laura nimmt Figaro am Halfter und führt ihn zu mir, sodass ich seinen warmen Atem spüren kann. »Kümmere dich gut um ihn. Er ist ein ganz besonderes Pferd!«

»Aber selbstverständlich!«, verspreche ich ihr.

»Ich freu mich so, dass Figaro bei uns bleibt!«, flüstert Laura.

»Und ich mich erst!«, stimme ich ihr zu und streichle Figaro zärtlich. Seine samtigen Nüstern kitzeln auf meiner Hand.

»Wir sind ein tolles Team«, flüstere ich Figaro ins Ohr und er schnaubt zufrieden. Als ob er mich verstanden hätte. Melek überreicht mir eine kleine Schatulle mit einem niedlichen Pferdeanhänger für mein Bettelarmband. Sie hat recht: Nun beginnt ein neuer Abschnitt in meinem Leben.

Gemeinsam verbringen wir den besten Geburtstag, den ich je hatte. Und als um Mitternacht das Feuerwerk den Himmel erhellt, bin ich mir sicher, dass Figaro, Laura, Melek und mich im neuen Jahr noch jede Menge Abenteuer erwarten.

Danksagung

Ohne die Unterstützung der Salzsieder von Schwäbisch Hall hätte ich mich vielleicht nie getraut, mich selbstständig zu machen und meinen Träumen nachzujagen. Ich danke ihnen, dass sie schon an mich geglaubt haben, als es mir selbst noch schwerfiel.

Sabine Kruber von lies-doch-einfach.de hat mit ihrer Lesbarkeitsanalyse dazu beigetragen, dass diese Geschichte auch weniger lesestarke Kinder motivieren kann, die Welt der Bücher zu entdecken. Ich danke ihr sehr für die wertvollen Tipps und die gemeinsamen Jam-Sessions.

Katharina Platz

Die Autorin

Katharina Platz wurde 1987 in der Nähe von Heidelberg geboren. Nach ihrem Germanistikstudium ist sie ihrer Liebe zu Büchern treu geblieben und hat sich als Lektorin für Kinder- und Jugendbücher selbstständig gemacht. Schwäbisch Hall und die Haller Salzsieder spielen in ihrem Leben eine besondere Rolle, denn seit 2011 ist sie die Haalschreiberin der Salzsieder in Schwäbisch Hall. Deshalb hat sie diese wunderschöne und traditionsreiche Stadt als Handlungsort für ihr erstes eigenes Kinderbuch gewählt.

Mehr über Katharina Platz auf www.textgenau.com

Die Illustratorin

Claudia Gabriele Meinicke, geboren 1967 in Mecklenburg, ist promovierte Naturwissenschaftlerin. 2007 fing sie an, sich mit Öl- und Aquarellmalerei zu beschäftigen. Sie belegte zahlreiche Kurse bei namhaften Künstlern, u. a. auch an der Hochschule für Grafik und Buchkunst in Leipzig. Seit 2015 widmet sie sich nun ganz der Malerei und der Illustration von Kinderbüchern. Sie lebt mit ihrem Mann in Merseburg und hat einen erwachsenen Sohn.

Auf der Website www.LimonArte.de zeigt sie ihre Bilder.

Spannung an der Schlei

Anna-Livia, Dana und Falk leben in einem Internat in der Nähe von Schleswig. Kaum hat das neue Schuljahr begonnen, geschehen merkwürdige Dinge um sie herum. Ein Radfahrer ist nach einem Sturz spurlos verschwunden. Am Ufer der Schlei entdecken sie ein mit Stacheldraht umzäuntes Gelände und bewaffnete Männer, die dort angeblich Flusskrebse züchten. Tristan, der neue Mitschüler, verhält sich höchst verdächtig – die drei fragen sich, ob er etwas mit den Ereignissen zu tun hat. Sie gründen den Detektivclub »Schleifüchse« und ermitteln in ihrem ersten Fall.

Gea Nicolaisen | Die Schleifüchse und der falsche Geist | mit Illustrationen von Isabel Kaboth | 208 Seiten | 14,8 x 20,6 cm | Hardcover mit Fadenheftung
Verlag Monika Fuchs | ISBN 978-3-947066-17-9

Sommer, Sonne, Sylt

Auch das noch! Statt mit ihrer Mutter nach Spanien zu fahren, soll Caro die Sommerferien bei ihrer Tante auf Sylt verbringen. Zusammen mit ihrer stinklangweiligen Cousine! Doch dann ist alles ganz anders als erwartet: Marianne ist inzwischen richtig cool und Tante Linda hat einen neuen Freund. Der benimmt sich allerdings sehr merkwürdig ... Marianne und Caro sind sich sicher: Mit dem stimmt was nicht! Die Ermittlungen in der »Geheimsache Aal« nehmen ihren Gang – und bringen die jungen Detektivinnen in gefährliche Situationen.

Sarah Drews | Falsches Spiel auf Sylt | mit Illustrationen von Simone Leiss-Bohn
168 Seiten | 14,8 x 20,6 cm | Hardcover mit Fadenheftung
Verlag Monika Fuchs | ISBN 978-3-947066-26-1